戦国の姫城主

井伊直虎

越水利江子・作
椎名 優・絵

角川つばさ文庫

目次

登場人物紹介

井伊家の姫君。
馬に乗り、弓が得意な女の子。

まどかの幼なじみで許嫁。

井伊家のお寺・
龍泰寺の住職。まどかの
大叔父さまで相談相手。

まどかのお母さん。

井伊家の領主。
まどかのお父さん。

井伊直平……まどかの曽祖父さま。

今川義元……井伊家の支配者。駿河の太守。

今川氏真……今川義元の息子。

松平元康……後の徳川家康。三河国領主。

瀬名姫……松平元康の妻。まどかの叔母さま。

虎松……亀之丞の息子でまどかの
義理の息子になる。

井伊家を乗っ取ろうと
している家老の息子。
まどかと結婚しようとする。

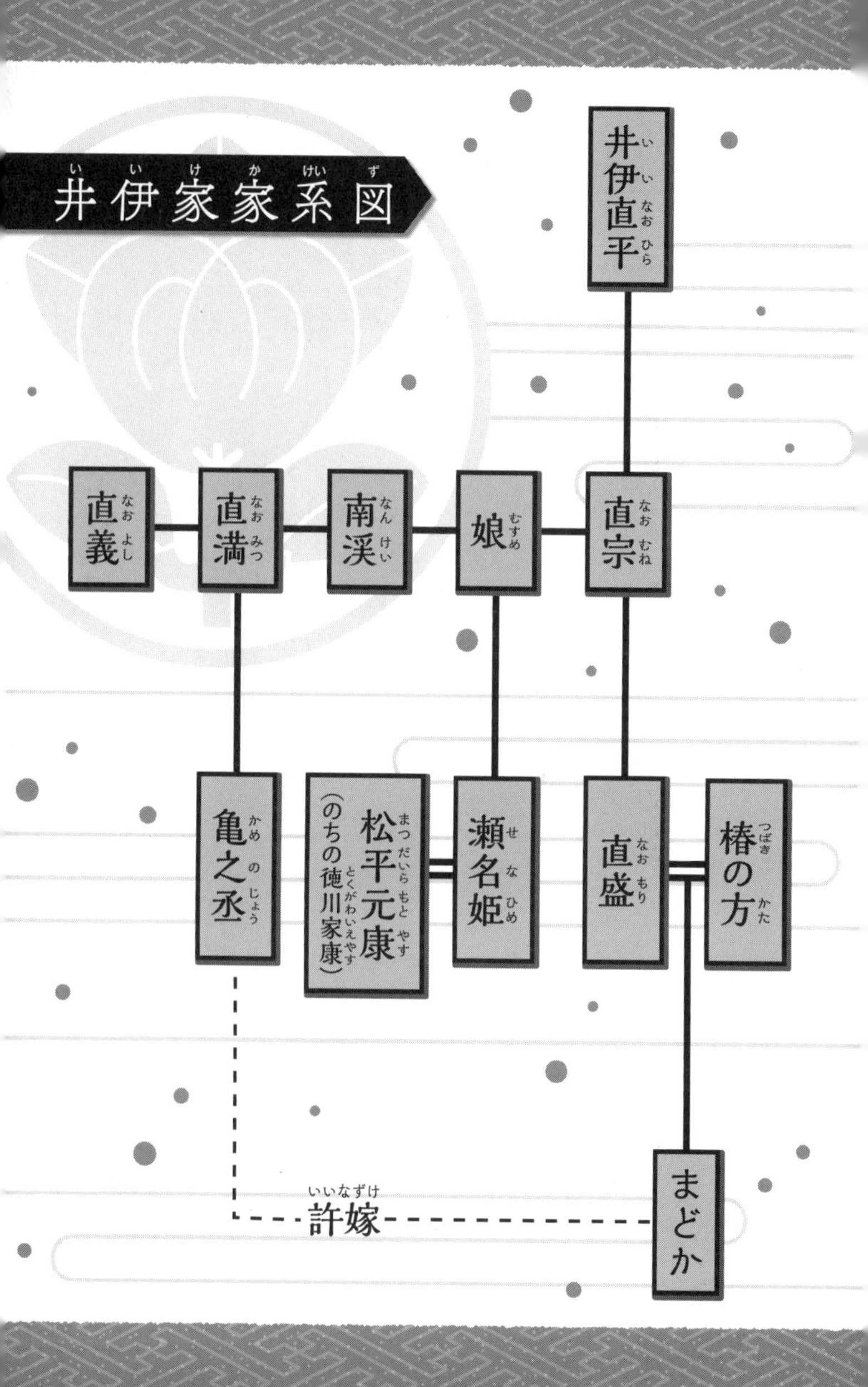

井伊家家系図
井伊直平
直宗
娘
南渓
直満
直義
亀之丞
松平元康（のちの徳川家康）
瀬名姫
直盛
椿の方
まどか
許嫁

井伊直虎関連地図

わたしの住んでいる井伊谷城は、
有名な武将たちに囲まれていて、
ほんとうにたいへんなの

甲斐
（武田家）

鳳来寺

長篠の戦い

三河
（松平家のちの徳川家）

遠江

駿河
（今川家）

駿府城

井伊谷城

龍泰寺

引馬城

掛川城

浜名湖

プロローグ　まどかなる姫君

「まどか、そなたの許婚（婚約者）が決まった。亀之丞だ」

父の直盛がそういったのはいつだったか、まだ、許婚ということばさえ知らなかったころだ。

「いいなずけってなに？　かめのじょうって、馬なの？」

幼かったまどかは、つい、そうたずねた。

直盛は、まどかのために、馬を買ってくれると約束していたのだ。

その時の直盛のこたえを、まどかはよくおぼえている。

「馬だと？　これはいい！　ははは……そうだ、そうだ。馬のようなものだ。おまえをたくましい身体にのせて、まもってくれる。それが、許婚だ」

直盛はそういった。

その許婚の亀之丞が、まどかの祖父である井伊直宗の兄弟、直満の息子だと知ったのは、まどかが十歳になる頃であった。

「ええーっ、おじいさまの兄弟の息子って、じゃ、わたしには叔父上にあたる方じゃないの⁉

その人が、わたしの許婚？」

すでに許婚の意味を知っていたまどかは、ぷうっと、ほおをふくらませた。

「わたしは、そんな年寄りの妻になるのですか、父上！」

怒ったようなまどかに、直盛はまた笑った。

「まあまあ、会ってみることだ。そのうちにな……」と。

直盛は見るからに武骨でたくましかったが、まどかにはいつもやさしく、叱られたことがほとんどなかった。

遠江国井伊谷（静岡県浜松市）の二十二代領主、井伊信濃守直盛は、嫡男にめぐまれず、まどかが、たった一人の娘だったのだ。

「まあ、圓の口のききよう、直盛さま、叱ってくださいませ！　女子の身で馬だの弓だの……まるで男子のようにふるまうかと思えば、なんという失礼なことをっ……！　このままでは、許婚もなにもあったものではありませんわ」

眉をひそめつつ、あきれたように笑っていうのは、まどかの母である椿の方であった。

圓というのは、まどかの本当の名である。

圓とは、角のないまるい形をあらわす文字で、父の直盛が一人娘の幸せを願って、満ち足りたまどかなる生涯を送るようにと名付けた。

その思いのせいか、幼い頃より、直盛が「まどか、まどか……」と呼んだゆえに、井伊谷では、まどかの姫さま、まどか姫と呼ばれて育った。

ところが、まどかは、名のあらわすまろやかさとはまったくちがって、男子のように、遠馬（遠乗り。馬に乗って遠くまで行く野駆け）や馳射（馬上から矢を射る武芸）などを好み、あそび相手も男子ばかりであったのだ。

「まあまあ、よいではないか。この時世じゃ。女子とて、何があるやもしれぬ。身をまもる法を知っていて、じゃまにはなるまい」

こうして、いつもさりげなくかばってくれるのは直盛であったし、どうかすれば、直盛は、まどかが男のようにふるまうのをよろこんでいるようにも見えた。

時々、その父が、まどかをつれて行ってくれた引馬城というお城には、まどかの曽祖父さまの直平公がいた。

この直平公は、幼かったまどかにはこわそうに見えたけれど、とても優しい方だった。

「わたしが男なら、父上は、どれほどよろこんでくださるでしょうか！　まどかは、女であることが無念でなりませぬっ」

まどかが、曽祖父さまにそういった時のことであった。

曽祖父さまは、こっそりささやくように、まどかにおっしゃった。

「男にならずとも、男の肝を持てばよい。まどかの母上のようにな」……と。

「え？　男のきも？　きもってなに？」

まどかは問い返した。

曽祖父さまはくしゃっと笑われて、「人間の腹の底にある気力、肝っ玉のことだ」とおっしゃった。

（あれは、どういう意味だったのだろう……？）

まどかは、ずっと不思議に思っていた。

母上、椿の方は、いつも父、直盛にしたがい、おだやかで、まどかが、ひどいいたずらをした時以外には、こわい顔をしたことのない美しい母上であったから。

だが、その意味がわかったのは、去年のことだった。

母が、父直盛に向かって、きっぱりといったのだ。

「わたくしを離縁してください」

遊びつかれて、うとうと昼寝をしていたまどかは、その声に、ハッと目覚めた。

「なにをいう。椿、どうしたんだ？」

父の声もおどろいていた。

「わたくしは男子が産めませんでした。今後も産めるかどうかわかりません。ならば、わたくしを離縁して、新しい妻をむかえてください。……あるいは、男子を産める側室を持ってください。お願いします！」

そのことばに、まどかはびっくりした。

井伊家の男子を産めないというのは、そんなに大変なことなのか！

夫が妻を離縁してまで……あるいは、妻が側室……側室って、正妻の母上以外の妻だよね。正

妻が、ほかにも新たな妻を、夫にすすめるほどに、大変なことなのか⁉

まどかは、襖を開けて、飛び出そうかどうしようか迷った。

(わたしが男子ではないって、そんなにいけないことなの⁉)と、叫びたかった。

だが、その時、父のおだやかな声が聞こえた。

「椿よ、わしの妻は、そなた以外にはない。離縁もせぬし、側室も持たぬ。なぜなら、そなたの実家はこの井伊家にとって、大切な一族だ。ゆえに、男子が生まれるなら、そなたとわしの間でなければならぬのよ。……なにより、わしは、そなたと、来世も夫婦になりたいと思っている。なぜなら、そなたの肝の太さ、その心根の凛々しさは男以上じゃ。家を男子に継がせるため、妻が離縁をのぞみ、側室をすすめるなど、わしは聞いたことがないぞ。そなたは、まったく男を超えた大した女だ。そんな女を捨てることなどできるか」

父の声は、微笑んでいるのか、これまで、まどかが聞いた父の声のなかでも、別人のように優しげに聞こえた。

「な、直盛さま……っ」

涙ぐんだような母の声の後、小さな衣擦れの音がした。

父が母を抱きしめたのだと、まどかは感じた。

「よう聞け、椿。……わしはそなたに惚れ抜いておる。生涯……いや、死んでも、そなたを放しはせぬぞっ」

そういった父の声に重なるように、こもった母の泣き声がした。

父の胸で泣いているのか、こもった泣き声は、ずっと途切れることがなかった。

それが、まどかの大好きな母上と父上であったが、戦国の武将の家系を継いでいくのは、どれほど大変なことなのか、まどかが初めて知ったのはこの時であった。

この日から、まどかは心を決めた。

男子のように、凛々しい者になろうと……。

一　亀之丞

その秋だった。

まどかは弓場に立ち、なれた手つきで弓をかまえ、矢を放っていた。

「おおーっ」

見事に的を射た矢に、みなが声をあげる。

「おみごとでございます！」

「まどかの姫は、男子より、弓が上手じゃっ」

「なんとも惜しい。姫が若君ならばのう……！」

口々にいう家臣らの声に、座敷から、それを見ていた直盛もうれしそうにしていた。

と、その時、まどかの背後の空気がヒュッと鳴った。

せつな、すでに的に立っていたまどかの矢をはねとばし、あざやかな切斑の矢（白羽に黒褐色の斑紋がある鷲羽の矢）が、的深くに、突き立った。

「おお……っ」

家臣らが息をのんだ。

その矢を放ったのは、背の高い、切れ長の目をした少年であった。

「的にあてるだけが上手ではない。いかに強くうちこむかで、戦場の勝敗が決まる」

少年がいうのに、まどかは、むっとした。

「女の細腕で射た矢などで、敵を倒せるのか」といわれたような気がしたのだ。

「おお、亀之丞！」

直盛が声をかけたので、まどかはハッとして、少年をじっと見つめた。

大人が手にするような強弓を手にした少年は、年ごろは、まどかとそう変わらないのかもしれないが、その表情は、やや大人びて見える。

「父と叔父が、無事、今川領へ出立しましたので、それをおしらせに参りました」

亀之丞は弓を背に一礼して、直盛に告げた。

「おお、そうであったのう、今川家は、なにかにつけ、我が井伊家に難題をおしつけてくる。このたびも何事もなければよいが……」

直盛はいい、ふと、まどかを見て笑った。

「まどか。これが、まどかの叔父上にあたる亀之丞じゃ。どうだ、年寄りか？」

（年寄りよりもっと悪い！）といいたかったが、まどかはだまって一礼して、その場を後にした。

「おい、どうした？　まどか！」

直盛が呼んだが、まどかは弓を肩にかけ、弓場を駆け出た。

（なによ！　亀之丞なんか、大きらいっ）と、心のなかではさけんでいる。

「亀之丞。かまわぬ、気にするな。じゃじゃ馬は放っておけ」

笑っていうらしい直盛の声を背に、まどかは厩へ走った。

ヒヒンッ！

まどかの足音に気づいて、白龍がいなないた。昨年、直盛が、まどかのために買ってくれた美しい牝馬である。

「待たれよっ」

追って来たのか、亀之丞の声がした。

だが、まどかはとどまらない。白龍を引き出し、手綱をにぎった。

「つかまえたいなら、追ってくればっ！」

いいすて、かまわず駆けた。

しばらくすると、追ってくる馬蹄の音がひびいてきた。

(一騎だ。家臣たちじゃない！　亀之丞だっ)

怒っているのに、そう思えば、ちょっとドキドキする。

城山の石垣まで出て、城下を見渡すと井伊谷の里がひろがっていた。

あの井伊谷の里をうねり流れているのが井伊谷川で、その東北あたりにそびえているのが三岳山である。

三岳山には、いざ戦いとなれば、そこにこもって、敵をしりぞける山城、三岳城がある。

井伊家一族には、三岳城のほかにも、まどかの曽祖父、直平が守っている引馬城もあった。

時は戦国、どの国もいつ戦いにまきこまれるかわからないので、それぞれの城は、井伊家の縁戚や家臣が守っている。

だが、今、まどかが駆け出てきた井伊谷城の城山はなだらかで、戦いのための城というより、のどかに暮らす館のようであった。その城山を一気に駆け下り、まどかは南へ向かった。

南は、山すそまで田んぼつづきだが、その中に井伊家菩提寺の龍泰寺（後の龍潭寺）の参道がのびている。

そこに、昔、「御手洗の井戸」と呼ばれた古井戸があり、今は屋敷のような門構えと袖塀（門の両側にあるひくい塀）にかこまれている。

この井戸は今は水もかれているが、井伊家の伝説では、この井戸で拾われた赤子が井伊家の祖（家系のはじめ）になったという。

そんなこんなを思いつつ、まどかは井戸を過ぎて、山すそのすすきの原へ駆け入った。

と、冬枯れのすすきの原に、きらめく銀の波が起こった。

「えっ……⁉」

まどかは馬の鞍からすべりおりたが、波の起こったあたりから、黒いかたまりが飛び出してくる方が素早かった。

「猪っ⁉」

とがった牙が目に入り、あわてたまどかは、とっさに肩に負った弓をつかみ、ねらいをつける間もなく放った。が、矢はとんでもない方向へ飛んだ。おまけに、そのいきおいでころんでしまった。

（つっ、突かれる……っ！）

突進してくる猪に、身体が凍りついた。

せつな、矢鳴りが空を切った。

猪がまどかの目前ではね飛ばされ、どっと、銀の波にしずんだ。

猪がしずんだすすきの原には、ふるえる切斑の矢羽が見えた。

こわごわ、折れしないだすすきをかきわけてみると、水を飲みに来たのだろう、桃色の鼻づらをぬらした猪が、たった一矢で急所をつらぬかれ、息たえていた。

（かわいそうに……）と思うが、あのまま、猪に突かれていたらと思えば、まだ肌があわだつ。

たおれた猪に突き立った切斑の矢をぬこうと、まどかは、つと手をのばした。

と、「待てっ、猪には触れるなっ」と声がした。

見れば、いつのまに追いついたのか、弓を手に、馬上から飛び降りたのは、亀之丞であった。

「狩りをしたことはないのか？」

亀之丞がたずねた。

「鹿狩りなら、父上とやったことがある」

まどかは胸をはってこたえた。

「ならば、殺したばかりの獣、ことに血の冷えはじめた猪には触れてはならぬと教わらなかったのか？」

「知らぬ。猪を射止めたことはない」

まどかは、強がるように胸をそらした。

亀之丞は、そういうまどかに、ふっと、目をほそめたようだった。

「ならば、教えてやろう。よいか、死んで冷えてゆく猪からは、猪の身にたかっていたダニがいっせいに逃げ出す。そのせつなに、猪に触れれば、人の温かい血の匂いにひかれたダニの行列が、あっという間に、おまえの身体に乗りうつるぞ。それが、どれほどのことかを知らぬとはあきれたものだ」

平然と言った亀之丞のことばに、まどかは、ぞっと青くなった。

「わかったなら、しばらく、猪は遠ざけておけ。猪が冷え切れば、ダニは逃げ去る。それから、猪は直盛公へのみやげとしよう」

そういって、亀之丞は乗ってきた馬と、まどかの馬を、そばの木立につないだ。

だが、まどかはかたまって動けなかった。

「あ……それと、さっきは、すまなかった」

「え？」

「さっき、弓場で、おまえが家臣にたたえられるのを聞いて、はずかしいが、ちょっとねたんだ。

幼い頃、おれは身体が弱く、何をやっても、あまりほめられなかった。それで、うらやましくて、つい、意地の悪いことをした。すまぬ……」

「え、そんな……!? わたしがうらやましかったって？ わたしはずっと、男子に生まれた者がうらやましくてしかたなかったのに……！」

とたん、亀之丞が白い歯で笑った。

「そうか！ おれとまどかは、似た者同士だな！」

亀之丞に、「まどか」と親しげに呼ばれたのに、まどかは一瞬、緊張した。

「どうした？ なにをかたくなっている？ おれとまどかは許婚だぞ。幼いころから、まどかを妻に迎え、この井伊谷を守っていけるよう、おれは、剣や槍、弓馬を修業してきた。まさか、まどかは、そのおれよりも強くなりたいのか？」

亀之丞がたずねた。

まどかは、亀之丞を見つめた。

「そ、それは……」

「おれは、直盛公と共に、この井伊谷を守りたいんだ！」

そういう亀之丞を見て、まどかは初めて気がついた。

（わたしの父上といっしょに、井伊谷を守る……？　わたしは、そんなふうに考えたことがなかった。それは、女だから……？　井伊家にとっての男子って、ただ男に生まれたというだけじゃなく、そういう存在なんだ！）

気づいたことの大きさに、まどかはのみこまれるような気がした。

弱いのに強くなろうと踏んばってきた幼いころの亀之丞と、男になりたいという願いはかなわぬのに、ただ男のようになろうとがんばってきたまどかは、たしかに似ているのかもしれなかった。

けれど、その覚悟の深さは、とても、亀之丞にかなわないのではないかと思えた。

「そうだ。まどか、これをやろう」

そんなまどかの気持ちにかかわりなく、亀之丞が微笑んでふところから出したのは、笛袋におさまった横笛であった。その笛袋の紐に、小さな穴をうがった透き通った石が通してあった。

亀之丞は、その紐をほどいて、透き通った石を、まどかに差し出した。

「幼い時、弱いおのれに腹を立て、いっそ、腹を切って死のうと思いつめ、山へ入ったことがある。その時に、崖下に落ちていたのが、こいつだ。泥だらけでな。だが、かたちが美しかった。それで、拾って、川で洗って、みがいてみれば、これほど澄んでいた」

「これは、水晶？」
「そうだ。おれはその水晶にさとされた。死ぬなら、一番美しいかたちをめざせと……そういわれた気がしたんだ。それで、思い出した。『人は、力を尽くしきるまで、死んではならぬものよ。亀よ、早う、強うなれよ』と、いわれたことを。身体の弱かったおれが熱を出し、寝こんだ時、直平公がおっしゃったことばだ……」
「直平公って、わたしの曽祖父さま!?」
「そうだ。おれにとっては、祖父さまだ」

「それで、今みたいに、弓も馬も、うまくなったの？」

まどかがいうと、亀之丞はてれたように笑った。

「まだまだだ。……だが、いつか、直平公のように、直盛公のように、強くなってみせると誓って、笛袋に結んでいたんだ。これからは、まどかのお守りにすればいい」

そういう亀之丞の向こうで、さっきまで銀色であったすすきの原に、傾いてきた陽がさしこみ、金色にかがやいた。

ちょうど、猪がたおれているあたりに、天からかかったはしごのように、陽の光がやわらかくさしこんでいた。

「天が、猪をむかえにみえたか……」と、亀之丞がつぶやいた。

その瞬間、まどかは、ふいに胸が熱くなった。

殺された猪を見て、助かったと思い、一方でかわいそうにと思ったまどかと同じように、亀之丞もまた、猪の命を愛おしく感じていたのだと、そう気づいたからだった。

「天からわたる階は、吉兆だ。そういえば、三日前に、父上と叔父上が、今川へ旅立たれた時も、天からわたる階のごとく朝日が射しておった。その中を、父上は手をふって、『すぐもどる。亀、心配はいらぬぞ』とおっしゃった。……きっと無事にもどられる！」

そういう亀之丞の横顔は彫り深く、金の光にふちどられていた。

なぜか一瞬、その横顔に見とれてしまったまどかは、あわてて目をそらした。

「な……まどか、おれがだれよりも強くなって、おまえをまもれるようになるまで……待っていてくれるか？」

亀之丞が横顔のままいった。

まどかは、父直盛のことばを思い出していた。

「……おまえをたくましい身体にのせて、まもってくれる。それが、許婚だ……」といった、あの時の父のことばを。

（亀之丞は今でも強いし、それ以上にやさしい……）

と、まどかは思い、手の中の水晶を、ぎゅっとにぎりしめた。


その夜、井伊家中は騒然となった。

「一大事でございますっ。直満さま、直義さま、今川領にてご生害なされたとのこと！」

早馬で入った報せに、まどかは息がつまった。

（ええっ、亀之丞の父上が……!?）

今川義元に呼び出され、今川領へ旅立った亀之丞の父、直満と、その弟の直義が、今川の命令で、腹を切らされたというのだ。

直満、直義は、まどかの祖父の兄弟であったが、祖父の兄弟の中でも若い弟たちだったので、まどかの父直盛ともそれほど年がはなれた感じではなかった。

とはいえ、戦国のもっとも厳しい時代を戦い抜いてきたまどかの曽祖父、引馬城の直平に育てられただけあって、つねに直盛の相談役としても、頼りになる叔父であり、まどかにとっては、やや近寄りがたい大叔父の二人であった。

「父上、なにゆえです!?　なぜ、大叔父さまたちが腹を切らねばならなかったのですっ!?」

まどかは、直盛につめよった。

昼間、共に野駆けに出た亀之丞は、あの後、曽祖父、井伊直平の居城、引馬城へ行くといっていた。

(亀之丞は、引馬城で、この報せを知ったのだろうか!?)

この報せを耳にして、亀之丞はどれほど驚き、胸のつまる思いをしているだろうかと思うと、まどかの胸は早鐘のように打って、うまく息ができなかった。

「な、なにゆえなのです、父上……っ」

まどかは、父にすがるようにくりかえした。

「まどかよ、女子であるそちには、くわしくは話さなかったが……なぜこのように、今川は、井伊家につらくあたるのか。それは、今川家が長く遠江国をねらっていたからだ。我が井の国は、遠江国にあり、いくたびも、今川と争った。だが、ついに、まどかの曽祖父さまである直平公が、今川との争いに敗れてしまったのだ。敗れはしたが、井伊家を守るため、曽祖父さまは、娘を人質に出し、今川家にしたがうようになったのだ」

直盛は噛んでふくめるように語った。

「……そうして、今があるのだ。……だが、おそらく、今川家にとっては、今も井伊家は目ざわりなのだ。……まどか、おぼえているか？　わしの父であり、まどかの祖父さまである直宗公を。直宗公は今川の起こした戦いに駆り出され、戦場において、味方である今川から見殺しにされ、戦死なさったのだよ」

直盛のことばに、まどかは、幼いころに、おだやかな、やさしい祖父さまがいたことを思い出した。

（あの祖父さまが、そんな殺され方をなさったのか……！）

まどかは遠い思い出の中の祖父さまの笑顔を思い出した。

「ゆえに、つねに警戒はしていたのだ。だが……まさか！　今この時に、叔父上二人を呼びよせ、井伊へ帰すこともなく生害させるとは……っ」

あまりのことに、直盛もどこか、ぼうぜんとしているようだった。

「理由はなんです⁉　切腹させる咎はなんだというんですっ。亀之丞さまに聞きましたが、大叔父さまらは、『すぐもどる』と、元気に旅立たれたとか……」

「今川家をたずねてすぐ、謀反のうたがいをかけられたそうだ」

「謀反っ⁉　謀反ってなんなの⁉」

「叔父上らが、甲斐（今の山梨県、甲州）の武田にそなえて、兵を集めておられた。それを、今川を裏切る兵を集めているとうたがいをかけて殺したのだ！」

「そんなっ……⁉」

まどかはことばをうしなった。

この頃、甲斐を支配する武田晴信（のちの信玄）と、遠江を支配する今川義元との間には、互いに攻めることはしないという盟約があったのだが、武田の手の者らが、遠江のなかでも甲斐に近い井伊の地をたびたび侵していた。それは、井の国の領民らもよく知っている事実であった。

「ゆえに、井伊領を守るため、引馬城の城主である直平公……まどかの曽祖父さまが、息子である直満殿、直義殿らに、これ以上武田に侵攻されないためにも、兵を集めておくようにと命じておられた。それはつまり、今は、今川の支配地ともなった遠江国をまもるためであったはずだ」

直盛のことばに、まどかはいいしれぬ怒りを感じた。

（それなのに、今川は理由もきかず、その動きを、謀反のたくらみだと断じたの⁉　大叔父さま方を、一度に二人も殺すなんて、あからさまに井伊家の血統を断ち、井伊家を断絶させようとしているとしか思えないじゃないっ。……敵は武田で、味方が今川なんて、名ばかりだわっ。井伊家は、恐るべき敵に支配されているんだ……！）

まどかは、戦国大名と呼ばれる今川家の恐ろしさをひしひしと感じた。


翌々日になって、直満と直義のむざんな首級が、井伊谷へもどってきた。

元気に旅立った父が、叔父が……変わり果てた姿となって帰ってきたのを目のあたりにして、亀之丞はどう感じただろう……どれほどつらく、くやしかっただろう……！

まどかは、亀之丞のことを思った。

「……きっと無事にもどられる！」と、話していた亀之丞の横顔が思い出されて、まどかは、大叔父二人の首級を見ることなどできなかった。

直満と直義の葬儀は、井伊家の菩提寺である龍泰寺でいとなまれたが、そのとむらいの場で、まどかはやっと、亀之丞を見ることができた。

といっても、亀之丞には近づけず、遠くからだった。

(亀之丞、こっちを見てっ……!)

まどかは、胸のうちで、亀之丞に呼びかけた。

けれど、亀之丞は一文字の眉をひそめて、くちもとをぎゅっと結んだまま、一点を見つめつづけ、だれが話しかけても、深く一礼するのみで、まどかを見ようとも、さがそうともしなかった。

ただ、濃いまつげの陰影が、ときおり、ふるえるように見えて、まどかは胸がつまった。

(あれは、泣くまいとしているのか、それとも、泣いているのか……!?)

まどかはじっと亀之丞を見つめつづけたが、その亀之丞の周囲には、なぜか、ものものしい警護がついていて、近付くこともできなかった。

葬儀を終えた後、亀之丞は警護にかこまれたまま、龍泰寺の一室にこもってしまった。

まどかは、亀之丞と話させてほしいとたのもうとして、龍泰寺住職の南渓の袖をつかんだ。

「あの、南渓さま…!」

南渓は、まどかの曽祖父直平の三男であり、まどかにとっては、直満、直義と同じ大叔父の一人にあたる。とはいえ、直満、直義らもまだ男盛りの若さであったから、南渓などは、まどかの父直盛とも、さほどはなれていないように見えた。

呼びとめられて振り返った南渓はやわらかな笑顔だったが、まどかは、その眉根あたりに、武将のごときするどさを感じた。

「姫よ、どうした？」

南渓が、きよらかに剃り上げた青い頭をかしげて、まどかに微笑みかけた。

「亀之丞には、なぜ警護がついているのですか？」

まどかは、すなおにたずねてみた。

「なぜだと思う？」

南渓は問い返してきた。

「もしや……亀之丞まで、ねらわれてるの？」

「うむ、今川は井伊家をつぶすつもりだろう。だとすれば、じゃまなのはだれだと思う？　井伊家の直満殿、直義殿を生害させた今、残る井伊家嫡流の男子は、姫の曽祖父さまの引馬城城主の直平公、姫の父上である直盛公、そして、その跡を継ぐ亀之丞だ。今川からは、『直満の一子、亀之丞も仕置きせよ』と命じてきているそうだ。むごいことに、井伊家の家老、小野和泉守が、そのための目付（観察官）となったようだ」

「目付って、井伊家が、亀之丞を殺すかどうかを見張る役ってこと？」

まどかはおもわず、こぶしをにぎった。

「そうだ。直満殿、直義殿らが切腹させられたのも、小野和泉が今川へ『両名に謀反の兆しあり』と讒言（事実を曲げ、ありもしないことを作り上げて報告すること）したからのようだ」

「なぜ、井伊家の家老が、そんなうそをいったの⁉」

「姫よ、覚えておきなさい。小野は、いつからか、井伊家より今川こそが、真の主だと考えるようになったのだろう。さらにいえば、たとえ家臣であろうと、主を裏切ることなどままある。それが今の世、戦国というものだよ」

南渓のゆったりしたものいいに、まどかは、じれた。

「で、では、父上は、どうなさるおつもりなのです⁉　まさか、亀之丞を……！」

声がふるえる。

「それはの……ここでは、話せぬ。そうじゃ、今夜は、寺で写経をするかの？」

南渓が微笑む。

「写経？」

なんでこんな時に、お経を書き写したりせねばならぬのかっ……といいそうになって、はたと気づいた。

南渓はここでは話せぬといった。つまり、今夜、こっそり教えてくれるのではないかと。

その夕べ、「亀之丞、今宵は、父上と共に過ごして差し上げよ」と告げ、引馬城へ帰っていったのは、まどかの曽祖父さまであり、亀之丞には祖父さまにあたる直平公であった。

また、まどかの父、直盛もまた、井伊谷城へあわただしくもどって行ったが、まどかは、南渓のすすめ通りに寺にとどまり、写経室でお経を写していた。

（たぶん、寺に残ったのは、わたしと亀之丞だけ……）

まどかは、亀之丞の警護をしていた者らの多くも、直盛と共に井伊谷城へもどっていくのを見ていたので、そう思った。

（南渓さまは、いつ、本当のことを話してくれるのだろう……亀之丞は、いったい、どうなるのか……）

写経していても、心はお経にはない。そんなことばかり考えている。

と、庭で、幾人もの人間が喧嘩をしているような砂利音、はげしい息づかいが聞こえた。

せつな、「わっ」という声と同時に、写経室の襖がすさまじい音を立ててたおれこんできた。

だれに投げ飛ばされたのか、黒装束の男がころがりこんで起き上がり、まどかに向かってくる。

その手に光る刃に、まどかは一瞬かたまった。

二　運命

「それは姫じゃっ。手出し無用っ」

腹の底にひびくような一喝に、黒装束の足が払われ、六尺棒で、その場におさえこまれた。

「な、南渓さまっ!?」

くせ者をおさえこんだのは南渓であった。

その背後の庭では、同じく六尺棒を手にした数人の僧が黒装束と戦っていた。

「い、いったい、なにが起こってるの!?」

まどかは、あぜんとした。

数人の僧はどれも武芸でならした者らしく、黒装束をとらえ、また追い払って、その場はおさまった。だが、寺の奥まったあたりからは、まだ戦うような物音と気合いがひびいている。

「姫や。この黒装束は、亀之丞の命を奪いに来た者共だ。姫と亀の部屋、どちらにも明かりが見えたゆえ、どうやら、きゃつらは、どちらが亀之丞の部屋かわからず、二手に分かれたようだ」

南渓がのんびりいう。

「えっ、じゃあ、あの奥の騒ぎは、亀之丞がっ!?」

まどかは駆け出しかけた。

「まあ、待て。龍泰寺は、いわば城だ。城兵にも劣らぬ僧兵がまもっておる。亀之丞は、この寺でも一番の猛者にまもらせている。大事はない」

南渓が笑顔でいう。

「だ、だって……！」

まどかがうろたえていると、奥の争うような物音はおさまり、長刀を手にした仁王のような僧と、敏捷そうなやや小柄な僧にかこまれた亀之丞が廊下を駆けてきた。

「亀之丞っ！」

まどかは駆けよって、亀之丞にしがみついた。

「まどかっ、どうしてここに？」

亀之丞は目をみはり、まどかを抱きとめた。

「南渓さま、賊は五名、ことごとくたたき伏せましたっ」

筋骨たくましい僧二人が、南渓に告げた。

「ご苦労。傑山、昊天。こちらも大事ない」

南渓がうなずく。

「だが、こたびの襲撃に失敗したとわかれば、賊はふたたび亀之丞を襲ってこよう。その前に、ここから逃れなされ。ここ、龍泰寺と縁の深い寺がある。そこへ！」

「はっ」

泣きそうなまどかをよそに、亀之丞も、僧らもうなずき合った。

弓矢を背負い、長刀を手にした傑山と昊天の二人にまもられ、すっくと立ち上がった亀之丞に、まどかは叫んだ。

「亀……っ、わたしは……！」

とたん、幼いころの記憶がひらめいた。

（そうだ……！　曽祖父さまのお城に、亀と呼んでいた泣き虫の幼なじみがいた……！　いつからか、会うことがなくなったけれど……あれが、亀之丞だったんだっ！）

あの猪と行き会った日に、初めて見たように思っていた亀之丞は、幼かったあの頃からの幼なじみであったのだ。

よみがえった記憶は稲妻のように走って、さまざまな思い出を呼び覚ました。

濃いまつげに黒目勝ちの瞳で、どんな女子より愛くるしかった幼い亀……笑うと左の頬にかわいいえくぼができたっけ。たしか、まどかより一歳年下だったはず。

あの頃は、熱を出しふらふらしているのに、まどかに、「帰るな」といい、遊ぶといってきかなかった亀……。

（幼いころから、まどかを妻に迎え、この井伊谷を守っていけるよう、おれは、剣や槍、弓馬を修業してきた……おれがだれよりも強くなって、おまえをまもれるようになるまで……待っていてくれるか？）

あの日、金色にかがやくすすき野で、亀之丞がいったことば、あれは、ずっとずっと小さかった頃からの亀之丞の思いだったのだ！

そう気づいたとたん、まどかは叫んでいた。

「亀っ、死ぬなっ。生きて帰らねばゆるさぬ！」

叫んだ声に、立ち去りかけた亀之丞がふりかえった。

「かならずもどる！」

そういった亀之丞と、傑山、昊天の姿が夜の闇にまぎれたせつな、まどかは誓った。

（亀之丞がもどるその日まで、井伊谷は、父上と共に、わたしがまもるっ……きっと！）

「……姫よ、わかったかの？　これが、そなたの父上のご指示じゃ。『どうあっても、亀之丞を逃がせ』とな。『亀之丞はもはや井伊家のたった一人の跡取り……しかも、我が姫の許婚だ。殺させてなるものか！』と、直盛公はおおせじゃった。この先は、亡き直満殿の家臣、今村藤七郎が供をして亀之丞を無事逃がすてはずになっておる」

のんびり語りかけるように、南渓はいった。

「まあ、まだまだ、この後の始末は、やっかいじゃがの……」


まどかが井伊谷城へもどると、侍女らが華やいだ声で、「姫さま、ごらんなさいませっ」「それはそれは、美しゅうございますよ！」などと、騒いでいる。

「まあ、これはなに!?」

まどかが見たのは、衣桁（着物かけ）にかかったあでやかな打ち掛けであった。

青い絹地に金刺繍の流水がぬいとられ、四季の花々をえがいた花扇がまるい車輪のごとくにからまって、流水をころがり流れていくという京風の刺繍つづりである。

それは、井伊家の姫であるまどかですら目にしたことがないほどのぜいたくな姫衣装であった。

そのそばに座した青年がいた。

かの小野和泉守の嫡男、小野政次であった。

目鼻立ちはととのっているが、どこか、冷ややかな感じがするのは、あの小野和泉の息子だと思うからだろうか？

だが、政次は、くったくなく、にこやかにいった。

「父と共に、駿河の太守さまにお目通りをいたしたおり、瀬名姫さまより、井伊家の姫へと、たまわったお品でございます」

「わたしに？　瀬名姫さまが？」

まどかの曽祖父直平の娘、まどかにとっては大叔母が生んだ姫の名が、瀬名姫であった。

かつて今川の人質としてあずけられ、今川義元の側室（正妻ではない妻の一人）にされた大叔母は、後に義元の義妹という名目で、あっさり、義元の家臣の関口親永にふたたび嫁がされたと聞いていた。

（大叔母さまは、義元に利用されただけだったの⁉）

そう思えば、怒りを感じるが、戦国の武将の家は、どこであれ、人と人の思いや愛のつながりより、家系をつなぐことこそが第一だった。

当時、義元は、正妻として武田の姫をめとったのだと、父、直盛から聞いたこともある。とす

れば、その縁組みは、今川家と武田家の盟約、甲駿同盟のためであったのだ。

(嫁ぐのも離縁するのも、ただ国のためであり、女は、その道具にしかすぎないの……?)

そう思えば、まどかの父と母の愛は、まどかにとって、宝石のように感じられた。

だが、大叔母は道具として切り捨てられ、義元の家臣、関口親永に再嫁させられ、そこで生まれたのが瀬名姫であった。

その瀬名姫に、まどかはまだ会ったことはない。

まどかにとっては、叔母にあたる瀬名姫だが、年ごろはまだ若く、それは美しい人だと聞いていた。

「お美しい方だと聞いておりますが……」

まどかがいうと、政次はうなずいて、「はい。しかし、美しいのは、瀬名姫さまだけではありません」という。

「まどかさまは、太守さまのお館のある駿府の町を、まだごらんになったことがないでしょう？　それはそれは、大きく豊かな、美しい町並みでございますぞ。京の都もかくあらんやと思うほど、あらゆる商いの大店がひしめき、旅宿が軒をつらね、どこまで行こうとも、途切れぬほどでございます。行き交う人や馬、荷車などもひきも切らず、まことに、駿府の城下の豊かさ、太守さまのお力の大きさにはことばをうしなうほどでございました」

政次がほめたたえる太守、今川義元と、その都、駿府の町を想像して、まどかは胸がつまった。

亀之丞は、その巨大な力を持った今川にねらわれているのだ。

そして、このにこやかな政次は、亀之丞の父と叔父を殺させた小野和泉の息子なのだ……。

「瀬名姫さまは、今川家一族の姫としてお育ちですが、お目通りいたしたおり、お召しになっていたこの打ち掛けをぬがれて、その場で、まどか姫へとたまわったのです。身につけた着物をぬぎ与えるのは、京の内裏の風習でございます。今川家は、すべてが京風でみやびなことでございました。義元さまの嫡男、氏真さまは、内裏の公家遊び、蹴鞠とやらをお好みとか……。しかし、瀬名姫さまのお顔立ちはまどかさまに似て、りりしげな姫でございましたゆえ、まどかさまにも、この青がいかにも映えましょう。はおってごらんなされませ」

政次がすすめたが、まどかは気がすすまなかった。

小野和泉が太守に会ったその時に、政次が共に駿府にいたとしたら、和泉は、その時に、直満、直義をおとしいれる告げ口をしたんじゃないだろうか。

だとしたら、この打ち掛けは、そのついでに、瀬名姫からたまわったみやげということになる。

瀬名姫にはもうしわけないが、まどかは、そんな打ち掛けを着てみたいとは思わなかった。

その時、奥の直盛の部屋から、大きな声がひびいてきた。

「殿っ、なんとおおせられたっ⁉」

人を恐れさせようとするような重いひびきは、まぎれもなく小野和泉の声であった。

「和泉守も来ているの⁉」

まどかはとっさに、廊下へ出た。

「姫っ、なりません！」

政次の呼びとめる声など耳に入らず、まどかは直盛のもとへ走った。

（亀之丞になにかあったのでは……⁉）と。

直盛の部屋では、直盛と小野和泉がにらみ合っていた。

「亀之丞は生死もわからず、行方知れずになったとおおせられるのか!?」

直盛の前に座した小野和泉は銀髪まじりで、一見、いかにも分別くさい家老に見えるが、その目は強くぎらついている。

直盛は、家臣である和泉が、嫡流の亀之丞を呼び捨てるのを聞いて、ややむっとして、とがった声で告げた。

「ああ、そのようだ。叔父上方の野辺の送り(とむらい)の後、亀之丞は、龍泰寺へ蟄居謹慎(外出を禁じ一室にこもってつつしむこと)させておったが、夜中、龍泰寺を襲った賊があったそうな。その騒ぎの中、亀之丞は行方知れずとなった。賊にさらわれ殺されたのか、あるいは、家臣の何者かが救い出して逃したのか、定かではない」

「殿っ、そのようないいのがれをなされて、今川家の太守さまがおゆるしなさるとお思いか!? このままでは、井伊家は反逆の罪に問われますぞっ」

和泉はつめよった。

「和泉、そうはいうが、謹慎させた亀之丞を襲ったのが、今川家の差し向けた者であれば、ゆるすもゆるさぬもないだろう。今川が、井伊家の決定を待たなかったとすれば、それは、井伊家としても承知できることではない。事を荒立てぬためには、亀之丞は病死いたしたとでもとどけるしかあるまい。……それとも、あれは、まさか、和泉、おぬしの手の者か？」

直盛は和泉をにらみつけたが、和泉はひるまず、むしろ居丈高に告げた。

「なるほど、わかり申した。殿のおおせの通りなれば、姫の許婚は病死され、井伊家は嫡男をうしなったことになりましょうな。……ならば、ここに、今川の太守さまよりおあずかりしたご命令がございまする」

和泉は重々しく、ふところから、今川義元の朱印のある書状を取り出し、読み上げた。

「『井伊亀之丞をうしなわせし後は、直盛が姫の婿に、小野和泉が一子、小野政次をむかえ入れ嫡男とせよ』……これが、太守さまの上意でございまする」

「和泉っ、おのれは……！」

直盛は歯ぎしりした。

今川は、小野和泉の息子をまどかの婿にして井伊家を継がせ、井伊家領国を思いのままにするつもりなのだ。

これまで、直平、直宗、直盛とつづいた井伊家代々の領主は、今川にはしたがったが、井の国の自治については、井伊家の意思をぎりぎり通してきた。

だが、「これからは、それは一切させぬ、井の国は、今川の傀儡（あやつり人形）となれ」と、命じられたも同然であった。

直盛の怒りが、烈火のごとく飛び散る寸前だった。

音を立て、襖が開いた。

直盛と和泉が同時に顔を向けたそこには、姫とは名ばかり、若衆のごとき脇差を佩びたまどかがいた。

「和泉っ、そちは、わたしを女と思うて、なめておろう。よう聞けっ、わたしは生死のしれぬ許婚を裏切ったりはせぬっ。裏切れと命ずるなら、この命を絶つ！」

まどかは、自らの白いのどもとに、抜き放った脇差をあてた。

「姫っ」

まどかを追って来た政次も叫んだ。

「まどか、はやまるな」

直盛がしずかにまどかに近づき、その手をおさえた。

だが、まどかはきかない。

「いいえ、父上！　わたしは、本気です」

そういったまどかの心をよぎったのは、今川義元から捨てられ、家臣にふたたび嫁いだ大叔母のことであった。

（お家の都合で、心などない者のように、妻にされ、捨てられ、また嫁がされるような女にはなりたくない！）

まどかは、強く思った。

あの日……黄金色のすすき野で、亀之丞の妻になることを想像して幸せだった。あの思いは、お家のためなんかじゃなく、まどかのすなおな気持ちであったからこそ、小野家の策略による婚姻などもってのほかだと思えた。

これまで、まどかは、政次を夫に持つなど考えたこともなかったし、今となっては、考えたくもない。

戦国の女であっても、わたしは、わたしの心で生きる！

そう、心で決めて、まどかは、追って来た政次を振り返った。

「政次、そちの妻になど、わたしは決してならぬっ。たとえ、ここで死ぬことをとどめられても、龍泰寺へ入って髪を下ろし尼になります！　それは、父上にも止められぬこと。龍泰寺は、世俗の支配者も踏みこめぬ仏の聖域です。たとえ今川であろうとも、支配されることはありません！

それとも、和泉！　政次！　このわたしを、山賊のごとく奪いとるかっ!?」

このとき、さしもの小野和泉も、政次も、怒りで青ざめた。

小野家は、系譜をたどれば、主家として仕えている井伊家よりもさらに古く、さかのぼれば小野妹子や小野小町にすらつながる貴種の家系とされていたのだ。

むしろ、主家との縁組みであっても、決して井伊家におとる家系ではないという誇りが小野家にはあった。その小野和泉と政次に対して、まどかは「山賊」と口にした。

小野和泉にすれば、直盛の姫と政次の婚姻で、戦うことなく井伊領国を手に入れようとしただけで、この時はまだ、井伊家に向かって謀反を起こそうとしたわけではなかった。

武力ではなく謀略で、井伊一国を手にしようとたくらんだだけだった。

だが、まどかにとって、それほど、ゆるせぬことはなかった。

女を道具としてしか考えない戦国の世、武将の世界……その世界にとりこまれてなるものか！

まどかは、そう決意していた。


それからどれほどたったろうか……。

数十日、いや、季節が変わり、年が変わろうとしても、まどかは悩み、考えつづけたが、ある夜中に考えあぐねて、城をぬけて、龍泰寺へ入った。

「南渓さま！　わたしを尼にしてください」

南渓の顔を見たとたん、そう切り出したまどかに、南渓は「まあ、待たぬか」と、おだやかにとどめた。

「いきなり、そういわれてもこまる。今、髪を下ろし尼になって、亀之丞が帰った時、どうするつもりだ？　はやまってはいかん」

「いいえ、よくよく考えました！　けれど、今、尼にならねば、小野和泉の息子、政次を婿に迎えよといわれます。それだけは、ぜったい、いやですっ」

まどかは必死だった。

「まあ、待て。直盛公は、なんとおおせになった？」

「父上は、尼にならずとも、小野和泉の息子など婿には迎えぬとおっしゃいました。ですから、幾十日も、幾月も考えぬきました……でも、今川の命令にさからえば、こんどはきっと、父上が殺されます！　亀之丞の父上や直義さまのように。そんなこと、させられません！　わたしが……わたしさえ尼になれば、だれも殺されたり罰せられたりしないですみます。ですから、お願いっ、南渓さまっ」

「うーむ……」

南渓はこまって、腕をくんだ。

「お願いでございますっ」

その袖にすがって、まどかはたのんだ。

尼になるために、この夜のまどかは、若衆姿ではなく、長い髪を肩までたらしたみやびな姫姿である。

瀬名姫のおくってくれた青くあでやかな打ち掛けをはおり、これが最初で最後の姫姿のつもりであった。

この打ち掛けを最後に身につけたのは、瀬名姫へ礼をつくすためであり、一方で、これをとどけた政次への決別の気持ちでもあった。

そのまどかの長くつややかな髪の一束を、南渓がそっと手にとった。

「まだ女子の春も迎えぬに……この美しい黒髪をむざんに切って捨てよというのか、姫よ……」

「はいっ」

もう、まどかには迷いはなかった。

「だが……姫よ。女子はいったん尼となれば、還俗(一度出家した者がふたたび一般人にもどること）はできぬのだぞ。還俗がみとめられるのは男子のみ。そなたは、その若さで、井伊家嫡流の姫という身分も、女の幸せも捨てるというのか？」

いつでもどんな時も、ゆったりと動じない南渓の目が、この夜、かすかにうるんだのを見て、まどかは胸が熱くなった。

姫を捨て、女を捨てる……！

それがどれほどのことか、この時には、まどかはまだよくわかっていなかったのかもしれない。ただ、はっきりわかることは、亀之丞がもどってきても、もう決して妻にはなれない……ということだった。

だが、小野政次と結ばれれば、亀之丞の父を殺させた仇の息子の妻になるということだ。井伊家家老であるはずの小野和泉は、支配者今川の手先となって、井伊家を乗っ取ろうとしている。その道具にされるなど、女を捨てるよりつらい……いや、人として、もう、顔を上げて生きてはいけないと思えた。

（まどか、これをやろう……）

あの日、透き通った水晶をくれた亀之丞の横顔が思い浮かんでいた。

その水晶は、小さな穴に鎧糸を通して、今も守り袋のように胸に下げている。

結晶をにぎりしめると、ひたと冷たい水晶から清らかな気が放たれているようで、あふれそうになったまどかの涙も、しずかに冷え退いていった。

「決意は変わりませぬ。南渓さま」

まどかは、顔を上げて、南渓に告げた。


父、直盛が龍泰寺に駆けつけてきた時には、まどかの長い髪は、肩にとどくほどに断ち切られ、すでに瀬名姫におくられた打ち掛けもぬぎすて、墨染めの僧衣をまとっていた。

その姿を見た直盛は、かっとして叫んだ。

「南渓殿っ、なぜ、まどかを、とめてくださらなんだっ」

「とめてとまらぬ決意であった。ただし、まだ尼の名はあたえてはおりませぬ」

南渓が微笑む。

「尼などにさせぬっ。髪など、すぐのびる！　さあ、まどか、城へもどるのだ！」

直盛はいい、まどかを強引に抱きよせ、ささやいた。

「ばかなことをするんじゃない、まどか……！」

直盛は、短くなったまどかの髪を、愛しげになでた。

その温かみは、幼いころ、大きな武骨な手で、頭をくしゃくしゃっとされ、抱き上げられ頬ずりされた、あのころの父の手と同じであった。

「父上……！」

その優しさ、温かさに負けそうになって、まどかは、いやいや……と、首を振った。

「いいえ、わたしは尼になります。南渓さま、さあ、尼の名をあたえてくださいまし！」

わざと強くいったが、目からは涙があふれる。

「まどか……！」

父の顔が一気に悲しげにくずれるのから、まどかは目をそらした。

「姫は尼になるといい、直盛殿は、させぬという。はてさて、これはどうしたものかのう」

南渓は変わらず微笑んでいる。

「姫の思いも、直盛殿の思いもむげにはできぬ。ならば、姫よ、そなたは、今この時から、まことに女子を捨てなされ。今宵、この時より、そなたは姫ではなく、井伊家の嫡男となるのじゃ」

南渓のことばに、直盛はあぜんとしたが、南渓はつづけた。

「井伊家の嫡男は、代々、虎の一字の入った名を名づけられ、また、次郎とも呼ばれてまいったはず。ならば、今宵から嫡男となる姫の法名は、男子として『次郎法師』とする。男子の出家なれば、時が来れば還俗もできよう。それで、どうじゃな？　直盛殿」

そのことばの意味を理解するまで、直盛もまどかも、しばし、ぼうぜんと南渓を見上げていた。

「次郎法師」は、男子の法名であり、女たる尼の法名ではない。

だから、まどかはいつか還俗できるというのか……!?

そして、出家した者は婚姻できないので、今川の命令にそむいたことにもならない。

それが、南渓によって出された答えであった。

一方、その頃。

亀之丞は、亡き父、直満の家臣であった今村藤七郎と共に、井伊谷の山中、黒田郷へ逃れていた。

だが、そこも、小野和泉守に知られるところとなり、周囲の住民には、「にわかに亀之丞病死、今村藤七郎は自害」とふれまわって、十二月の末には、渋川にある東光寺へ落ちのびた。

が、そこも、いつまでも安全とはいえなかった。

藤七郎は、ひそかに龍泰寺まで南渓をたずねてきて、その袖にすがった。

「南渓さま、東光寺も、もはや安全とはいえませぬ。亀之丞さまをかくまってくださる場所はほかにございませんでしょうか？」

夜陰に忍んできて、問う藤七郎に、南渓はこたえた。

「なれば、仏門の我が師につながる伊那谷の松源寺へお逃れなされ」

伊那谷とは、遠く信州の幽谷である。

このころの仏門の師弟のつながりや、同宗の寺同士の結びつきは強く、寺社内は、世の支配者さえ立ち入れない聖域ではあったが、寺によっては限界もあったので、亀之丞と藤七郎は、東光寺を出ることにした。

亀之丞と藤七郎が東光寺を発ったのは、天文十四年（1545）正月の三日であった。

渋川から伊那谷へ向かう道は、山また山であったので、途中までは東光寺の住職が道案内をしてくれた。

が、その先も、目につく街道をさけねばならなかった。

亀之丞と藤七郎は、井伊氏の氏神でもあった寺野八幡社に詣で、旅の安全と井伊家の安泰を祈願した。

その日は、この地でおこなわれる「火踊り」の祭礼が、三日堂でおこなわれていた。若い男女の出会いの場である祭りのにぎわいを横目に、藤七郎と亀之丞は、山中を案内してくれる樵をやとった。

だが、そのけわしい山中で、馬上の亀之丞のふところから、肌身はなさず持っている横笛がこぼれそうになった。とっさに、こぼれ落ちそうになった笛をつかんだその時、矢鳴りがひびいた。

「若君っ！」

藤七郎が叫んだせつな、亀之丞をかすって、一矢はそばの木立に、一矢は馬の鞍に突き立った。

亀之丞は馬をすべり下り、木立のかげにかくれた。

「おのれっ、小野の手の者か⁉」

藤七郎が太刀をぬいたその時、矢の放たれたらしき繁みで、何者かが争う叫びがあった。

しばし後、その繁みから、大きな坊主頭と、やや小柄な坊主頭が見えた。

「もう大丈夫だ！　刺客は逃げた。行きなされっ」

そういって六尺棒を振ったのは、傑山と昊天であった。

「おおっ、南渓さまのお指図か！」

藤七郎がほっとした時、亀之丞は気づいた。

六尺棒を振る傑山の胸もとがキラリと光ったのだ。目をこらして見れば、それは鎧糸を通した水晶であった。

「あ、あれは、まどかにあげた水晶か!?」

お守りにせよと手渡した水晶を、助けてくれた傑山が首にかけているということは、もしや、「井伊谷を出るまで、亀之丞の身をまもってやれ」と、南渓が傑山と昊天を差し向けるその場に、まどかがいたのではないか……！

いたからこそ、亀之丞や傑山らの無事を願って、まどかが、あの水晶を首にかけさせたのだ。

そう思えた。

考えてみれば、さきほど、ふところから横笛がこぼれそうになったおかげで、亀之丞自身、矢を受けないですんだのかもしれない。

(おれの横笛と、まどかの水晶は、もしや、ひびき合っているのか……? おれたちは遠くはなれても、ずっとつながっているんだ、きっと!)

そう考えられることが、亀之丞に勇気をあたえた。

「おれは必ず帰る! 待っていてくれっ」

傑山と昊天に呼びかけた。


寺へもどってきた傑山から、まどかは、そのことばを聞いた。

「おれは必ず帰る! 待っていてくれっ」

そうくり返したという亀之丞のことばを……。

その亀之丞の声と、笑顔を思い浮かべて、まどかは、それを、そっと胸の中にしまった。

宝物のように……。

三　青葉の笛

亀之丞と藤七郎は、国境となる峠を越え、信濃国へ入った。

信濃国、市田郷に、松源寺はあった。

亀之丞と藤七郎は、こころよく松源寺の寺内へ迎え入れられた。

松源寺の住職は、市田郷の国人領主（実質上の領主）であった松岡氏の弟であったので、その地での暮らしはまずまず平和であった。

松岡城へもたびたびおとずれるようになって、松岡氏の子息などと剣術、弓槍、馬術など武芸の修業をした。

だが、弓を射れば、まどかを思い、狩りに出ても、まどかを思う。

城内の庭園や東屋で、笛を奏でれば、さらに、故郷へ、まどかへの思いはつのった。

青葉の笛の音は、伊那谷の月に冴えざえと響きわたり、その山も谷もが、亀之丞と共に泣いてくれているようであった。

「……悲しい調べでございますね」

そういう声に振り返れば、武士の娘であろうか、十六、七の美しい娘が、東屋につづく小道から、亀之丞をのぞきこんでいた。

「これは、青葉の笛と申して、切なげな音色を奏でるのです」と、亀之丞は応じた。

「でも、あなたさまの頬が……！」と娘がいう。

ハッとして、頬をぬぐえば、知らず知らずのうちにこぼれ出た涙でぬれていた。

娘は青葉の笛の奏でる音色にひかれ、亀之丞を見て、その頬に光るひとすじの涙に、つい、声をかけてしまったのかもしれない。

「これは……さきほどの小雨にぬれたのだ」

そういい、見上げれば、雲のうすい早春の空である。

ああ、もう春なのだ……と、胸が痛む。

「まもなく、花も咲きましょう。ほら……」と、娘が、小さな蕾のついた小枝を差し出した。

「あ、桃の花ですね」とうけとって、ふと見ると、娘の切れ長の涼やかな瞳が目に入った。

(に、似ている……！)

大きく切れ上がり、女には惜しいような、りりしげな瞳、それは、まどかによく似ていた。

「あなたの名は?」

「『えん』でございます。代官の塩沢の娘にございます」

「えっ……えん!?」

まどかと同じ名か、と、胸が騒いだ。

「はい、艶と書いて、えんと読みまする」

似た名、似た瞳に、亀之丞はうれしくなって、つい微笑んだ。

孤独な逃避行の日々に、小さな花が咲いたような気がしたのだ……。


龍泰寺の南渓へ、井伊家の直盛へ、人を通じ、亀之丞の消息がとどいたのは、井伊谷から亀之丞の姿が消えてから、すでに数か月も過ぎた頃であった。

だが、次郎法師となったまどかには、だれからもくわしいことは伝えられなかった。

ただ、傑山と昊天が龍泰寺にもどった日、傑山は、まどかのあずけた水晶を、そっと、まどかの手に返して、こう報告した。

「次郎の姫さま。水晶の君はご無事です。『必ず帰る! 待っていてくれっ』と。どうぞ、ご心配なさいませんように」

と、ただそれだけ。

今川家や小野和泉守はつねに密偵をあやつって、あらゆる情報を集めている。大叔父の直満や直義が殺されたのも、その密偵による悪辣な情報のせいかもしれなかったので、うかつなことばは、決して口にできないのだ。

こうして、亀之丞とまどか……いや、亀之丞と次郎法師は遠く引き裂かれたまま、数年……いや、気づけば、十年もの月日が過ぎていった。


ある日、龍泰寺をたずねてきた父、直盛がいった。

「小野和泉が病で亡くなったそうだ。……まどか、城へ帰っておいで。龍泰寺には、城から通えばよいだろう。もう、おまえを妻にという者はいない」

そのことばに、南渓がこたえた。

「和泉守のあとは、嫡男、政次が継いで、小野但馬守と名乗ったそうですな」

まどかには知らされなかったが、井伊家にも、大きな変化が起こっていたのだ。

「小野但馬守……」

だが、まどかにとっては、その名は、あの若き政次のような気がしなかった。

まるで、小野和泉守が復活したようにも聞こえる。だが、ともかく、今川の威をかりた非情の目付であり、井伊家乗っ取りを画策する老家老は亡くなったのだ。

直盛からは、亀之丞への使者が立てられた。

その一方で、この時、亀之丞を庇護してくれた伊那谷の松岡城には、危機がせまっていたのだ。

天文二十三年（１５５４）の七月、甲斐の武田晴信（後の武田信玄）が、伊那谷へ侵攻したのだ。

武田の圧倒的な軍力を前に、伊那谷の国人領主や豪族らは戦うことなく降伏し、松岡氏にも同じ運命がせまっていた。

もはや、亀之丞と藤七郎は、潜伏先に、とどまってはいられなくなったともいえる。

翌二月になって、亀之丞と藤七郎の二人は、遠江国の渋川の東光寺へもどってきた。

「亀之丞がもどってきた!?」

まどかの心はおどったが、亀之丞は、なぜか、井伊谷へ入らず、渋川にとどまったという。

会いたいと思った。

だが、今のまどかは、次郎法師と呼ばれているのだ。

引き裂かれた時にはまだ少女であったのに、次郎法師となったまどかは、すでに二十歳になってしまった。

戦国の頃は男も女も、おそくとも十五、六歳には、妻や夫を持つ。

二十歳にして未婚であるなどめったにない。しかも、出家して次郎法師となったまどかは、還俗せねば、井伊の姫にもどることさえできないのだ。

「まどか、還俗して、亀之丞の妻となれ」

次郎法師となっても、「まどか」と呼ぶことをやめない父、直盛はそう願っている。

母の椿の方も、同じ思いであったろう。

「まどか、あなたには、わたくしが産めなかった男の子を産んでもらいたいの！」

それは、これまで、なんども聞かされた母のことばでもあった。

(還俗すれば、亀之丞の妻に……！)

そう考えれば、やはり、胸がときめいた。

亀之丞が去って、小野和泉にとりこまれぬよう出家してから、ずっと考えないようにしていた思いであった。

「白龍、出かけるぞ！」

井伊谷城から龍泰寺へ連れてきた愛馬の白龍に声をかけた。

「次郎、どこへ行く？」

それを見かけた南渓が呼びかけた。

「亀之丞に会ってきます！」

振り返って告げたその声に、南渓は、とまどったように眉をひそめた。

「次郎の姫は、ご存じないのですか？」

南渓のそばにいた昊天が声をひそめてたずねた。

「うむ……おのれの目で、確かめる方がよかろう」

南渓がつぶやいた。

「しかし、今なら、姫に知られぬように、できるのでは？」

傑山がいうのに、南渓は「いや……」と首を横に振った。

「次郎は、りりしい姫じゃ。還俗して、亀之丞の妻となった後に知れば、もはや、出家の道も絶たれてしまう。帰ってくる場所をのこしておいてやらねばならぬ」

遠くを見るようにして、南渓がいった。

渋川の東光寺まで来て、まどかは、寺近くの参道で、白龍をつないだ。

梅林があるのか、参道には、かすかに梅の香がただよっていた。

まどかは立ち止まり、深呼吸をした。

心をおちつけるためである。

若衆のごとき出で立ちは、少女の頃から変わらないが、次郎法師となった今は、肩にとどくほどでぷっつりと断ち切った髪を、尼僧の白頭巾でおおっている。

（この姿を、亀之丞が見たら、どう思うか……？）

そう思えば、寺内へ立ち入るのも勇気がいった。

その時だった、幼い女の子が寺からとびだしてきた。

「父上っ、もう、梅の花が咲いておりますっ、ほら！」

女の子が、寺内へ呼びかける。

「桃、勝手に外へ出てはならん。梅なら、寺の庭にもあるだろう」

そう呼んで、父親らしき若武者が出てきた。

その顔を見たまどかは、とっさに顔をそらし、若武者に背を向けた。

若武者は、たくましくなった亀之丞であった。

子どもの頃よりさらに彫りの深くなった顔立ちだが、切れ上がった黒目勝ちの瞳に落ちる濃いまつげの陰影は変わらない。……それはまぎれもなく、待ちつづけた亀之丞の顔であった。

亀之丞は、尼僧のかぶりものを見て、まどかがだれなのか、わからなかったのだろう。かるく会釈をして通り過ぎた。

「ほら、いいにおい」

女の子が亀之丞と手をつないでいう。

「母上のお家でも、咲いたかしら？」

「母上のお家は、桃の花ばかりだ。桃、父と母上が出会った時、母上は、桃の花枝をくださったのだ。だから、おまえを桃と名づけたんだよ」

おだやかな亀之丞の語る声に、まどかはたまらず、その場にうずくまった。

それに気づいた亀之丞が近づいてきて、声をかけた。

「尼僧殿、どうなされた？　ご気分でも……？」

まどかをのぞきこんだ亀之丞は、ハッと目をみはった。

「大事ありません。ごめんください」

まどかは、その亀之丞を見ないようにして立ち上がり、参道の木立につないだ手綱をほどいて、白龍にまたがった。

「そ、その、馬は……っ、白龍!?」

亀之丞は去ろうとするまどかの手綱をつかんだ。

「お放しくださいっ」

まどかはむりやり手綱をあやつり、馬を走らせようとした。

「まどかっ！　まどかなのかっ!?」

亀之丞が叫んだ。

「いえ、次郎法師と申しまする」

そう告げたまどかは、亀之丞をふりきり、白龍を走らせた。

「待ってくれっ、まどかっ！」

呼ぶ声に振り返らず、まどかは東光寺から遠ざかった。

風を切って疾駆する白龍の背で、まどかはただ前方を見つめた。

「泣かぬ……！　あれは、わたしの亀之丞ではないっ」

馬上、つぶやいた声はかすれていた。

「泣かぬ……泣いてたまるか……！」

だが、まどかの頬はあふれだす滂沱の涙にぬれつづけ、馬上の風にも、かわくことはなかった。


亀之丞が龍泰寺をたずねてきたのは、その翌日であった。

まどかが会おうとしないので、南渓が、亀之丞に会った。

「南渓さま、まどかに会わせてください！」

亀之丞はたのんだ。

「うむ、わしは会うようにいったのじゃが、会わぬといってきかぬ。昔から、強情な姫ゆえ、どうにもならぬ」

南渓がいう。

「話を聞いてもらいたいのです。なぜ、娘を連れての帰国になったのかを……」

思いつめていう亀之丞に、南渓は微笑んだ。

「話などせずとも、男同士なればわかる。この戦国の世、男はいつ死ぬるかわからぬ。二十歳にもなって妻を持たぬ男は、わしのような坊主のみじゃ。やむをえぬことであろう」

「いえ、似ていたのです！　まどかによく似た女でした。名も艶といい、まどかと似ていた……あの時、いつ井伊谷へ帰れるか、いつ会えるかもわからぬなかで、まどかを思えばこそ、その女と縁ができました。しかし、正妻にはしておりません！　わたしは井伊家を継ぐ者。それは、艶もわかってくれました。……ゆえに、旅立つ日、艶には、別れを告げてきました。……ただ、娘の桃だけは連れ帰っても、井伊家のおじゃまにはなりませぬゆえ、共にもどってまいったのです！」

涙ぐんでいう亀之丞に、南渓はうなずいた。

「亀殿、その涙は、伊那谷へおいてまいった女性への思いであろう？」

「いえ、ちがいます……」といいつつ、亀之丞は歯を食いしばった。

「わたしの涙など、出家までして小野をこばみ、十年も待ちつづけたあげく、許婚に裏切られたまどかにくらべようもありません。……しかし、もしやり直せるなら、かならず、かならず……！」

「うむ、わしとて、亀殿の決意がわからぬではない。姫に尼の名をあたえず、いつでも還俗できるよう、次郎法師という男の法名をあたえたのも、この日のあることを心待ちにしておったからじゃが、なんとも、あの次郎の姫は、父上の直盛公も手を焼く強情者じゃ。母上の椿の方からも、説得してもらわねばなるまいが、その前に、亀殿。井伊谷へ帰ったからは、元服なさって名をお改めなされ。その時にこそ、次郎の姫に会えるよう手配いたそう」

南渓がなぐさめるようにいった。

その二人の会話を、まどかは隣室で聞いていた。

南渓が、「会わずともよいから、そこで、亀殿の話を聞きなされ」といったからである。

聞いているうちに、胸がいっぱいになった。

「……ただ、娘の桃だけは連れ帰っても、井伊家のおじゃまにはなりませぬゆえ、共にもどってまいったのです」といった亀之丞。

そのことばは、亀之丞の父としての思いであったのだろう。

けれど、まどかには、そのことばに、戦国の女の悲しみが透けて見えたような気がした。

お家の跡を継ぐのは男子であり、女子はお家の道具なのだ。

だからこそ、娘は、井伊家へ連れて帰ってもじゃまにはならない。いざとなれば、お家のための道具になるのだから……今川家に人質に出された大叔母さまと同じに。

いや、亀之丞はただ、娘を思って、連れて帰っただけにちがいない。

だが、戦国の女の悲しみを知ってしまったまどかにとっては、それは、切なく悲しいことばでしかなかった。


こうして、同年三月三日、亀之丞は井伊谷城で元服し、名を、井伊直親とあらためた。

三月三日とはいえ、桃の節句などという華やいだ気配は、戦国の世にはなかった。

平安から戦国までは、上巳の節句といい、無病息災を願い、災いを祓う日にすぎなかったのだ。

雛をかざったりする華やかな女の節句となるのは、ずっと後のことである。

その夜、まどかは、華やかさとはほど遠く、墨染めの僧衣に身をつつみ、直親が伊那谷へおいてきたという女のことを思っていた。

井伊家を継ぐ亀之丞が、正式ではない妻を連れ帰ることはゆるされない。それは、お家第一であった武家社会では、だれもがやむを得ないというだろう。

領主領国を継ぐということは、家を支える縁戚、家臣があってこそ成り立つものであり、領主やその嫡子のみの我がままを通せば、それら縁戚、家臣らの信頼をうしない、小野家のように主家を裏切る者が続出して、やがて井伊家は滅亡するかもしれない。

（だが……ならば、女は、手折った花枝のごとく捨てられてもいいものなのか、それを、同じ女であるわたしが「よし」とするのか……）

と、まどかは胸にかけた水晶をにぎりしめた。

次郎法師となっても、これまでは、城に住まう父母とも過ごしていたのだが、亀之丞が井伊谷へもどって、直親となってからは、まどかは龍泰寺にこもってしまっていた。

出かけるといえば、白龍との野駆けぐらいであった。

（わたしは逃げている……！　直親に会って、この十年間が何の意味もなかったと知らされることがこわいのだ……だから、直親に会えない！）

思いはどうどうめぐりして、夜明けをむかえ、まどかは白龍を引き出した。

「白龍、連れて行ってくれ。もう、何も考えないでいい場所に」

白龍にそうささやき、龍泰寺を出た。

あてもなく、目的もないのに、白龍とまどかは、あのすすき野へ向かっていた。

かつて、亀之丞と語り合ったたった一つの思い出の場所へ……。

だが、季節は春、山すその景色は変わっていた。

そのまま山へ向かい、コナラやクヌギの林に駆け入ったまどかは息をのんだ。

林の斜面が、一面、紅紫色に染まっていた。

「堅香子の花か……？」

花の群生を踏まぬよう、まどかは白龍から下り、手綱を山すその木立につないだ。

北の斜面にひろがる花は、可憐に頭をたれ、咲きそろって、風にゆれていた。だがその頭をたれた紅紫の花びらすべては、天に向かう剣のごとく反り返っているのだ。

「この花は、頭はたれても、生きる意志は天に向かっているのか……！」

その姿は、まどかにとって、今の井伊家のようにも、自分自身のようにも思えた。

打たれ続け、今は頭をたれるしかない……だが、負けるわけにはいかない。

魂は、意志は、天に向かう。

「もののふの　八十娘女らが　汲みまがふ　寺井の上の　堅香子の花……」

まどかは古歌を思い浮かべた。

乙女らが入り乱れて水をくむ寺の井戸、そのほとりに咲く堅香子の花……その古歌は、まどかに、さきほど通り過ぎてきた井伊伝説の井戸を思い出させた。

龍泰寺の参道のそばにあるあの古井戸の水はかれているが、堅香子の花が呼びよせたかのように、思いはあの井戸につながり、まどかを井戸へと引きよせた。

白龍と共に、あの井戸へよって、井伊家の祖に祈ってから、龍泰寺へ帰るつもりであった。

袖塀にかこまれた井戸が見えた時、その門脇につながれた黒鹿毛の馬が目に入った。黒みがかった赤褐色の毛色の馬に、見覚えがあった。

「父上か……!? たしか、山へ行く道では、見なかったが。今、お見えになったのか？」

井戸の門に向かい、まどかが白龍を下りた時、門内、井戸の前にたたずんだ人物が振り返った。

「か、亀っ……！」

とっさに、直親という名は思い浮かばず、口に出たのは、直親の幼名である。

「まどか……っ」

振り返った直親に前髪はなく、元服後の堂々たる武将となっていた。

とっさに逃げようとしたまどかの身体を、駆け出てきた直親がうむをいわさずつかみとどめた。

「待ってくれっ、まどか……いや、次郎の姫っ」

直親はつかんで放さない。

「放せっ」

その腕の中で身をよじりながら、まどかは叫んだ。

「いや、放さぬっ」

こうして向き合えば、直親がどれほどたくましい男になったかを思い知らされ、まどかはさらに混乱した。

「わ、わたしは出家の身。もはや、あなたとのご縁は切れました」

必死に平静をたもって、まどかはいった。

「では、なぜ、それを身につけている？」

直親の手が、まどかの胸もとの水晶にふれた。

とどろくように鳴っている胸の音に気づかれるのではないかと、まどかは息ができなかった。

「次郎の姫……伊那谷との縁を切ってきたのはおれだ。桃の母となった女との縁をつないだのは、青葉の笛だったが、その笛は、井伊谷へ帰る道、寺野八幡社へ寄進した。だが、この笛袋だけは手放せなかった。この笛袋は、姫にあずけた水晶とつながっていると思ったからだ。……姫、いや、まどか、おれは、今も、おまえをまもりたいと思っているんだ」

そういって、直親は笛袋の紐を、まどかの手ににぎらせた。

直親のひくいがやさしい声は、まどかの胸にしみてひろがり、かたくなだった全身の力がぬけてしまった。

「まどか……」

直親は、今にもくずれ落ちそうなまどかを、そっと抱きしめた。

そうされることを身体はあらがったのに、胸の奥には何か熱いものがこみあげ、全身が朝の光に溶けていきそうな気がした。

「伊那谷にいた時からずっと……こうして会うことを、夢見ていた」

直親がまどかを見つめささやいた。

深く澄み切った黒い瞳に、濃いまつげの陰影が落ちるその顔は、幼いころの亀之丞と変わっていなかった。だが、たくましくなったこの腕は、この身体は……伊那谷で、ちがう女を抱きよせたのだ……と思う。

その悲しみなのか、怒りなのか、わからない何かに、まどかは胸が苦しくなった。

その時、近づいてくる蹄の音がひびいてきた。

とっさに、まどかは直親の腕から逃れ、白龍に飛び乗った。

「まどかっ、行かないでくれ！　たのむっ」

叫んだ直親の声を背に、白龍を走らせるまどかは、こなたへ向かってくる直親の家臣の馬、数騎とすれちがった。

（まどかっ、行かないでくれ！　たのむっ）

その声は、井戸をはなれ、龍泰寺に帰りついても、まどかの耳に、幾度もくり返し響くようであった。

にぎりしめたままであったはずの直親の笛袋は、どこに落としたのか、気づけば、もう、まどかの手にはなかった。

それは、まるで、大切な思いを落としてきてしまったようで、まどかはとっさに、道をもどろうとした。

だが、ふたたび直親に会うかもしれぬと思えば、その勇気は、陽盛りの切り花のようになえて、ただ胸もとに残った水晶を、強くにぎりしめた。


その夜、父、直盛が、龍泰寺をたずねて問うた。

「なぜ、井伊谷城へ帰ってこない？　亀之丞……いや、直親に、会いたくないのか？」

「……はい」と、まどかはこたえ、つなぐことばをさがした。

本当は、会いたくないのではなく、会うのがこわいのかもしれない……と思った。けれど、そんなことまでは、父に話せなかった。

「そうか……ならば、会わないですむようにする。早く帰ってきなさい」

直盛はそれだけをいって、きっぱり、背を向けた。

その背中に追いすがろうとしたが、やはり声をかけられないまま、まどかは、父の背を見送ってしまった。


翌日、井伊谷城の直盛は、直親を呼びよせ、告げた。

「直親、残念ではあるが、もはや、まどかは心を変えまい。ならば、わしは、そちを養子として、井伊家を継いでもらいたい」

直親は、ハッとして顔をあげた。

その直親に、直盛は父親のように微笑んだ。

「わしの養子となれ。そうして、我が嫡男となれば、元服した井伊家嫡男に、いつまでも正室(正妻)がないというわけにもいかぬ。小野和泉は亡くなったとはいえ、政次が小野但馬として家老職を継いでおる今、正式に、そちの後見となってくれる重臣の家から、正室をむかえねばならぬ」

直盛がそういい切ったのは、父としてのまどかへの思いを断ち切ったのだ……と、直親にもわかった。

その時、直親は何を思い浮かべたか……。

それは、あの井戸から去っていったまどかの後ろ姿であった。

「行かないでくれ！　たのむっ」と叫んだのに、まどかは振り返りもせず、行ってしまった。

その後ろ姿を思い浮かべ、直親はただ、その場に平伏した。

そのふところには、あの後、直親をむかえに来た家臣が、井戸への道で拾ったと手渡してくれた笛袋があった。

（まどかは、この笛袋も捨てていったのだ……！）

そう思えば、もはや二人をつなぐものは何もないような気がした。

この年、直親は、井伊一族の奥山因幡守朝利の娘、志保を妻にめとった。

そして、井伊谷城のそば、祝田村に新居をかまえた。

井伊家を継ぐことが決まったのに、井伊谷城の本丸に住まなかったのは、龍泰寺と父母のもとを行き来するだろうまどかへの、気づかいであったのかもしれない。

四　堅香子の花

（わたしは、もう二十一歳……。もはや、人の妻となる年齢をはるかに過ぎてしまったのだから、これでいいのだ……）

直親が志保をめとった日、まどかはそう思おうとしたけれど、胸の中はまるで、嵐のように風がうずまいて、息ができなかった。

もう一人のまどかがいう。

（なぜ、父上に、本当の気持ちを打ち明けなかったの!?）

胸にうずまくその声に重なるように、あっちからも、こっちからも、何人ものまどかが叫ぶ。

（いじっぱり！）

（母上に打ち明ければよかったのに！）

（いいえ、亀之丞に話せばよかったのよ！）

叫び合うような胸の声に、まどかは耳をふさいだ。

「だまって！　これでいいのよっ」

おもわず叫んだその時、あの日、亀之丞に抱きしめられた温かみがよみがえった。

それを振り払うように、まどかは、堅香子の花を思い浮かべた。

可憐に頭をたれて咲く紅紫の花、だが、その花びらすべてが天に向かう剣のごとく反り返っていたのを……。

「あの花は頭はたれても、花びらは反り返り天に向かっていた……！　打たれ続けた井伊家も、わたしも、今は頭をたれるしかない……だが、負けない……！」

そう思うことでしか、まどかは、今を、生きぬくことができなかった。


そんな頃、今川家の姫として育った瀬名姫が、今川家の人質として育った松平元康に嫁いだとの知らせが入った。

人質との結婚、それは、あきらかに今川家にとって優位な政略結婚であったのだろう。

（……女は、相手が敵であったり、人質であったりしても、政略のために嫁がされる。そして、争いが起これば、自らが人質とされたり道具にされるのが女の人生なのだ……！　女には生きがたく、苦しみも多いこの戦国の世。お目にかかったことはないが、瀬名姫さまもおつらい思いをなさっているかも……）

まどかはそう思い、瀬名姫に贈られ、居室にかざられたままの青い打ち掛けを見上げた。

瀬名姫の母である大叔母も今川の人質となり、政略の道具となって、瀬名姫を産んだ。

そして、その瀬名姫は、人質の妻となったのだ……。


その瀬名姫と松平元康の間に、嫡男、信康が誕生したと知った日、まどかは、堅香子の花を刺繍した帯を、祝いとして、瀬名姫へ贈ろうと思った。

顔も見たことのない叔母であったが、なぜか姉妹のように感じるのは、まどかには、兄弟姉妹がいないからかもしれない。

「南渓さま、これを瀬名姫にお贈りしたいのですが……」

まどかは、南渓にたのんでみた。

瀬名姫の母と南渓は、共に、曽祖父直平の子である。

南渓は、「おお、それならば、よい者がおる。その者にたのもう」と、引き受けてくれた。


そうして、井伊直親が正室をめとって、早五年が過ぎた。

その年の元日、直親と妻の志保が、龍泰寺へ参詣することになった。

直親夫妻は、いまだ子どもをさずかることなく、そのための祈願、参詣であると、まどかは南渓から聞かされた。

嫡男がさずからなければ、かつてのように、お家の騒動につながる。

井伊家の存続、それは何より優先されなければならなかったので、直親も覚悟を決め、志保と共に、龍泰寺へ参詣したのだ。

「なにとぞ、一国一城をもてる器量の男子をさずかりますように……」

直親夫妻はそう願って、龍泰寺へ、観音像を奉納した。

その祈願は幾日もつづき、その間、まどかは龍泰寺を出て、井伊谷城で過ごした。

その年の五月になって、直親の妻、志保がついに身もごり、二十五歳となった直親も、義父となった直盛も、大いに喜んだ。


だが、おだやかな喜びが井伊家をつつんでいた頃、戦国の動乱は不気味に井伊谷へせまっていた。

永禄三年（１５６０）五月、井伊家の支配者である今川義元は、朝廷より三河守に任ぜられた。

だが、西三河は、尾張の織田信長に通じる国人領主や豪族も多かった。

正式に三河守となったこの機会に、今川義元は、自ら大軍を率いて駿府を発った。織田信長を打ちたおすためである。

この戦いを切り開く先鋒を命じられたのが、井伊直盛であった。

だが、戦いには資金がいる。

直盛は、井伊家の銭主（国や寺、農民へも金を貸す豪商）を呼び寄せ、資金を借り、戦いの準備をすることにした。

まどかも、父から呼ばれて、その日は井伊谷城にいた。

「まどか、留守の間、母上をたのむぞ。母上は、ああ見えても、心弱いところがある。前の戦いから帰った時も、戦場におったわしよりも、ひどくやせほそっておってのう。食べる物ものどを通らなかったらしい。こたびは、そんなことがないように、まどかがついていてやってくれ」

直盛がまどかにいったその時、ふらりとたずねてきたのが、銭主の瀬戸方久であった。

「殿さま、奥方さまのご心配はごもっとも。この瀬戸方久、金で済むことならば、なんなりとお力になりますが、殿さまのお命はたった一つ、無茶はなりませんぞ」

直盛がいったことを、廊下で聞いていたのか、瀬戸方久は、襖から顔を出すなり笑っていった。

城への出入りも自由らしく、瀬戸方久はだれにも案内されず、一人である。

「これはこれは姫さまがご一緒でしたか」と、まどかに気づいても、遠慮なく、座敷へ上がりこんでくる。

「おお、方久、待っておったぞ」

直盛も笑顔になった。

「殿さま、この方久めが、井伊家へ肩入れするのは、殿さまのご性分あってこそ。無茶をなされて、ご家老の小野さまなどにこの国を任されるようならば、いっそ、わしが国を盗って、領主となりましょうほどに。お気をつけなされませ。……これでも、出自は武士でございますゆえ」

冗談めかしていう瀬戸方久は、無一物から豪商となったたたき上げの銭主で、豪放磊落、代々つづいた名主などのような銭主とは、肝のすわり方がちがって、腰はひくいが恐れを知らなかった。

「ははは……方久よ。おぬしなれば、確かに、城も盗れような」

そういった直盛もまた、瀬戸方久の豪胆な性分を好んでいた。

武将と商人という身分や立場を超えたなにかが、直盛と瀬戸方久にはあった。

「方久は、武士だったの？」

まどかは、瀬戸方久にたずねた。

「武士も武士。氏は、源でございます」

瀬戸方久がこたえた。

「えっ、ほんとに!?」

まどかがおどろくと、瀬戸方久はからからと笑った。

「本当か、嘘か……この瀬戸方久も知りませぬが、まあ、あの小野家なども、小野妹子や小野小町の子孫というておるとか。ならば、この方久も、源頼朝か義経あたりの子孫かもしれませぬな」などといって笑うのだ。

どこまで本当か、どこからが嘘なのか……いや、むしろ、すべて戯言なのか。

まどかには、どうにも、つかみどころのない男であったけれど、直盛は、そこが気に入っているらしく、ゆかいそうに笑っている。

数日後、直盛は、嫡男たる直親に留守をあずけ、井伊谷を発つことになった。

「父上っ、どうぞ、ご無事にお帰り下さいまし!」

まどかは見送りに出て、墨染めの僧衣に数珠を手に、声をかけた。

「留守をたのむぞ、次郎法師！」

初めて、父、直盛が呼んだ次郎法師という名に、まどかはドキリとした。

（どうあっても、まどかとしか呼ばなかった父上が……なぜ、今……!?）

まどかのとまどいは、出陣する軍勢のひびきわたる蹄の音にかき消された。

古朱鈍色の鎧具足を身につけた直盛にしたがうのは、これまで幾度となく戦場をかいくぐってきた、井伊家の武勇の者たちであった。

まどかは、そばに立ち、ただ父の背中を見つめる母、椿の方の手をそっとにぎった。

ふるふると震えていた母の手が、ひたと止まって、まどかの手を、ぎゅっと、にぎり返してきた。

その時、まどかは気づいた。

気丈で、男の肝を持つといわれた母は、弱いからこそ強くあろうと生きてきたのだと……。

(わたしも戦国の女。母上のように生きるしかないっ)

そう心に思い定めた。


五月半ば、今川勢先鋒の井伊直盛隊は、東海道の池鯉鮒宿、鳴海宿あたりを制圧した。

二日後には、今川軍本隊が尾張の沓掛城に入った。

この時、一方の織田方は、清洲城に籠城するか、出撃するかで、軍議が対立してまとまらなかった。

だが、今川方の松平元康勢と、朝比奈泰朝勢によって、織田の丸根砦、鷲津砦が襲撃されたという報を聞いた信長は、ついに城を出撃するにあたって、幸若舞の「敦盛」を舞ったという。

人間五十年
下天のうちを比ぶれば
夢幻の如くなり

一度生をうけ
滅せぬもののあるべきか

この覚悟の舞、「敦盛」にこめられた思いは、信長だけではなく、戦国武将なれば誰もが身内にひめていた人生観でもあった。

翌未明、近習数騎と清洲城を発った信長は、熱田神社によって戦勝祈願をし、鳴海城そばの善照寺砦に入った。その軍勢、わずか二千から三千。

一方、今川軍先鋒である松平元康勢は、織田軍の守る丸根砦を猛攻。織田軍の大将を討ち取った。

戦いのはじめ、今川勢はあきらかに優勢であったといえる。

織田の砦を数々制圧し、今川勢本隊もまた、悠々と桶狭間方面へ進軍した。

今川軍が桶狭間に到着したのは、永禄三年（1560）、五月十九日の正午ごろであった。

桶狭間いったいに、「丸に二つ引き両」の今川家紋の陣幕がはりめぐらされた。

陣内では、みなが昼食をとろうと煮炊きをし、酒盛りをはじめる者もあった。

この桶狭間山麓で、もっとも高い山が、高根山で、ここからは、鳴海方面や、織田軍の善照寺砦を見渡すことができた。

やがて、腹を満たした兵らが、しばしの休息をとろうとしたその時、にわかに空が暗くなった。

「あれは雷雲じゃっ。雨が来るぞっ」

直盛が上空をあおいで叫んだ。

海側からわき上がった黒雲が渦巻いてひろがり、みるみる空をおおっていった。

あたりは、ふいに夕闇に落ちたごとくになり、厚い雲には稲妻が走り、直後、地表をもゆるがすような轟音がひびいた。

と、いきなり、鉛色の大つぶの雨が叩きつけるように落ちてきた。雨には、小石のようなあられもまじっている。

地表は一気に水びたしになり、無数のあられが泥水をはねころがった。

丘から窪みへ流れる泥流が、今川兵の足もとをすくう。

ずぶぬれとなって、へばりつく衣、ずっしり雨水を吸った鎧糸とぬれた鎧の重さに、よろめきつつ木陰へ逃げる兵、兵、兵……。

だが、烈風まじりの豪雨はあたり全体を、鉛色にけむらせ、はりめぐらした陣幕やとりどりの旗指物はのたうって鳴りひびき、もはや、物見兵の目も耳も封じてしまった。

その雨が小やみになったかと思われたせつな、轟音と共に黒い山津波が今川軍をつらぬいた。

いや、それは、風と雨を背負った信長率いるわずか二千の奇襲隊であった。

わずか二千……だが、今川二万の軍勢は、なだれこむ山津波にまきこまれたかのようになぎたおされ、大混乱した。

「敵襲だーっ」

「敵襲―――っ!!」

悲鳴ともつかない伝令が走ったのは、敗走する友軍を蹴散らし、矢のごとく突き進む織田勢が、直盛の目に入ってからであった。

「退くなっ、おし返せっ」

直盛は叫んで、敗走して、味方の総崩れをまねきかねない今川の兵をも、なぎたおした。

「退くなっ、退く者は、斬るっ!」

一瞬で泥と血にうねり、そこここにころがる死体の中、直盛は叫びつづけた。

直盛は敵兵を払い、つらぬき、全身に返り血を浴びつつ、決意していた。

死のうが生きようが、戦うまでだと。

今川家は、今まさに危機におちいったのだ。

その今川家に、井伊家がどれほどむごい仕打ちにあってきたかを思えば、もう、義元がどうなろうとかまわぬと、直盛は思う。

だが、今川の先鋒として出軍した以上、戦い抜き、井伊家の誇りだけは泥にまみれさせぬと、直盛は剣をふるった。

「殿ーっ」

「お屋形っ、ご無事かーっ」

血と泥にまみれた井伊家臣らが叫ぶ声がひびいた。

「おお、ここだっ。みな無事か⁉」

叫び返した直盛に、悲痛な報告が返ってきた。

「上野惣右衛門、源右衛門、彦市郎、孫四郎、共に討ち死にっ」

「小野玄蕃、源吾殿、討ち死にっ」

叫ばれる名は尽きず、すべて、井伊家の主立った家臣の名ばかりだった。

小野玄蕃、源吾は、家老として留守を守っている小野但馬の弟二人であったが、兄とはちがって、井伊家のために戦に出た武闘派の弟らであった。

とっさに、直盛は命じた。

「傷を負った者、いまだ元服前の若者はここより逃がせっ。いや、逃れるのではないっ。井伊谷へ戦況を報せよと命じよっ！」

若者に逃げよといえば承知すまいが、伝令を命じれば、命をうしなう前にここから去ってくれる。それは、直盛のとっさの判断であった。

「ははっ」

応じた家臣がそばをはなれたせつなだった。

直盛の脇腹に、ずしりと、激痛が走った。

腹をつらぬいたのは、敵騎の槍であった。

「おのれっ」

直盛は槍の柄をつかみ取って、騎馬武者を馬上から引き落とし、一刀のもとに斬り捨てた。

だが、その直後、直盛をかこんだ雑兵の槍が、肩、背にも食いこんだ。

渾身の力をふるい、それらをなぎ払う。

「お屋形ーっ」

だれの声か、家臣が叫んだ。

声のする方を見たが、目に血が入ったのか、だれなのか確認できない。

襲いかかってくる者の怒号に反応し、刀をふるったが、一気に血をうしなったせいか、くらりとよろめいた。

視覚をうしなった直盛の耳には、泥がうねり、具足が鳴り、刃と刃がぶつかりきしむ音がひびいた。遠く近く、犬のように吠え、叫び合う兵らのおめき声もひびきわたる。

だが、その時、「今川赤鳥」の馬印がはためいていた本営あたりから、戦場をおしつつむような歓声ともつかぬどよめきが、どうっと、わき上がった。

同時に、天をぬけるようにひびいたのは、勝ちどきとも雄叫びともつかぬ叫びであった。

「駿河殿、討ち取ったりーっ。織田家中、毛利新助、駿河殿、御首ちょうだいつかまつったーっ」

せつな、戦場は、恐ろしいまでにしずまり返った。

「……笑止！　天下の駿河殿が……今川義元が、はやばやと首を取られたそうだ」

いっとき、時がとまったような戦場で、そういってかわいた声で笑ったのは直盛であった。

「殿っ、お屋形さまっ！」

雑兵を斬り払い、駆けよってきた家臣に、直盛は微笑んだ。

「その声は、奥山……孫市郎か。どうやら、わしはもう戦えぬゆえ、ここで腹を切る。……だが、総大将の今川が、はやばや首を取られた戦で、みな、死ぬことはないぞ。生きよっ。生きて井伊谷へ帰って、わしのことばを、しかと伝えてくれ……！」

直盛はそういい、おちついて遺言を伝えた後、自らの腹に、剣を突き立てた。

「奥山、敵に、この首を盗られぬようたのむぞ……っ」

おのれから噴き出す熱い血しぶきを浴びつつ、そう告げたことばが、直盛の最期であった。


この戦いは、後に、桶狭間の戦いと呼ばれたが、この時、直盛ばかりでなく、今川方の主だった武将の多くがうしなわれた。

戦場であっても、つねに京風の輿に乗って移動した今川勢の総大将、今川義元は、この時は輿を捨て、近習の騎馬と共に退却しようとしたところを、織田勢に襲われた。

時すでに遅く、攻めこんだ信長勢は、義元の護衛となる近習衆をつぎつぎたおし、ついに義元は、信長の馬廻衆に追いつめられた。

が、義元は孤軍、奮戦した。

京風を好み、公家のごとく輿に乗ったとはいえ、さすがに戦国の駿河を治め、都のごとく繁栄させた一代の戦国武将であった。

おくせず、襲いかかる敵の槍を切り取り、ひざを割り、討ちたおした。

だが、さらに襲いかかった新たな敵、毛利新助についにたおされ、その首を討たれようとする時、勝ちに浮かれた毛利の指を、噛み切って果てた。

大軍団であった今川諸隊は総大将をうしなって総崩れとなり、生き残った者は命からがら、散りぢりに駿府へ、故国へと退却した。


この時、義元に命じられたまま、大高城を守っていたのは、瀬名姫の夫となった松平元康その人であった。

今川軍の大敗退、義元の死は、味方の今川方からではなく、織田方から知らされた。

「なにいっ⁉　二万を超える今川軍が、たった二千の織田に総大将の首をとられ、敗退したと⁉」

大高城の元康はぼうぜんとした。

「あの信長が……！」と、元康は、少年の頃から暴れ者であった信長を思った。

元康は、三河国岡崎城の第八代当主、松平広忠の嫡男として生まれた。

織田信長の父、信秀を当主とする織田家と今川家がにらみ合っていた頃のことである。

元康の幼名は竹千代といい、たった三歳の折、母親の実家が、今川方から織田方へ寝返ったことから、松平家の父、広忠が、母を離縁し、残された竹千代は、松平家から今川家へ人質として預けられることが決まった。

六歳になった時、竹千代は、今川家への人質として、三河から駿府へ送り出された。

だが、その途中、織田方の武将にさらわれ、そのまま織田信秀の屋形へ放りこまれたのだ。

その時は、どこともわからぬ館へ放りこまれ、一部屋に閉じこめられ、殺されるのか、どうなるのか……六歳の竹千代はこわくてならなかった。


その時、出るなといわれた襖を、ガラリと開けた少年がいた。

まだ十四、五歳。すでに元服しただろうに、総髪の髪はぼうぼうとして、まるで、戦場から帰ったばかりのように見えた。

「おまえが、竹千代か?」

ぼうぼう髪の少年がいった。

姿やことばづかいは荒々しいが、彫り深い顔立ちはととのっている。

「はい」とこたえた竹千代は、ひそかにふるえていた。

「そうか。なら、行くぞっ」と、少年は、竹千代の前に、弓矢を投げ出した。

「え!?」

竹千代がとまどっていると、少年が命じた。

「那古野の森で、馳射の競いをする。ついて来い」

「は、はい!」

竹千代が立ち上がると、少年は、「おれは吉法師。あ、いや、元服して名をあらためたが、うつけの吉法師は、やめられぬわ!」と、からから笑った。

うつけとは、からっぽという意味で、多くは、ぼんやりしたおろかな人物、常識はずれな変わ

り者をいう。

人質に武器の弓矢をあたえ、馳射比べにつれ出すなど、この少年はたしかに変わり者らしかったが、その明るさ、くったくのなさに、竹千代は救われた気持ちがした。

その吉法師が、信秀の嫡男であった織田信長であった。

六歳の竹千代は、はからずも、信長と出会い、兄弟のように育ったのだ。


松平元康は、少年の信長を思い出し、大きく息をついた。

あの信長にさからい、今川方の有力武将として戦ったのは、その後、織田家と今川家の人質交換によって、ふたたび今川の人質となって、駿府にて、元服したからである。

そして、今川の姫である瀬名姫をめとった。

それは、今川方の有力武将になったことになる。その結果、井伊直盛と同じく、今川義元から先鋒を命じられ、大高城へ兵糧を運び、城を守っていたのだ。

だが、桶狭間の戦いが、今川方の完膚なきまでの負け戦だったと知って、元康はふるえあがった。

（このままでは、あの信長に殺されるっ！）

元康は身の危険を感じて、近臣わずか十八名をつれて、大高城を脱し、代々松平家の菩提寺である大樹寺へと身をよせた。

この大樹寺は、井伊谷の龍泰寺がそうであったように、まさに城ともいえる造りで、寺内には、五百名もの僧兵がいた。

それら僧兵が、松平家の嫡男、元康主従のために守りをかためたが、寺は、みるみる、せまりくる織田勢にかこまれてしまった。

元康の脳裏には、幼いころ、兄弟のように育った織田信長の顔が浮かんだ。桶狭間でとった今川義元の首を、あの信長なら、酒宴の肴にながめるかもしれない。あの明るい声で、からからと笑いながら……！

そう思えば、首をとられる恥辱だけは避けねばならない。

「今川の将として、あの信長に敵対したからには……もはや、これまで……！」

そう覚悟し、元康は、先祖の墓前で、腹を切ろうとした。

「お待ちなされ」

この時、とどめたのは、大樹寺の住職、十三代登誉上人であった。

「なんのために、死に急がれる?」

上人が問うた。

「負け戦に、首をとられる恥辱だけは、武士として耐えられませぬ」

元康はこたえた。

「首をとるの、とられるの、やっかいなことじゃの。この戦国の世は、おのれの欲のために戦う武将ばかりで、この国土は、流れた血で穢れきっておる。その穢土を厭うて離れ、永遠に平和な浄土を欣び求めることこそが、人の道だ。だが、この後、運を開くこともあろう。いや、ひとたび天下をとったとしても、それは夢にすぎぬ。命が果てれば地獄へ落ちるのみ。もし、どうあっても、天下取りを目指されるなれば、天下の父母となり、万民の苦しみをなくす政をなされよ。それこそが、将たるあなたの道じゃ」

上人は、仏の教え、「厭離穢土 欣求浄土」を説いた。

死は恐れるものでも、厭うものでもない。欣んで迎えるものだと説かれた後、登誉上人から、さらに説かれた教えは、まさに仏の道、天下への道でもあった。

この時の元康は、いまだ十九歳の若武者であった。

幼い頃より人質として敵国に育った若武者は、この上人のことばで、ついに死と恥辱の恐怖から解き放たれ、このことばを白布にしたためかかげて、僧兵と共に打って出て、寺をかこんだ織田軍と戦い、ついに死地を脱した。

そして、敗走した今川軍が捨て去った故郷の領国、三河の岡崎城へたどりついたのだ。

以来、元康は、「厭離穢土 欣求浄土」のことばを、馬印としてかかげるようになった。

松平元康……後の徳川家康の馬印である。

五　悲報

戦場を脱し、井伊谷へたどりついた者たちから、想像を絶する悲報がとどけられた。

「井伊信濃守直盛公、近習六十余人ことごとく戦死、切腹、みなみな傷害なり！」

さらに、農兵、足軽などを合わせれば、井伊谷から出陣した者、二百名にも余る戦死、傷害という帰還であった。

その傷ついた隊列を目にして、直盛の妻の椿の方は悲鳴をあげ、その場にくずれ落ちた。

まどかはとっさに、母を抱きささえたが、そのまま、目をみはったまま、動けなくなった。

馬上、直盛の亡骸がはこばれてきたのだ。

はこぶ者も、はこばれる者も血と泥にまみれ、迎えた者はだれも悲鳴を上げ、井伊谷は嗚咽に満ちた。

「ち、父上……っ」

まどかは、母を侍女らにあずけ、はこばれてきた直盛の亡骸に駆けよった。

もはや冷たく動かぬ父の手を、まどかはにぎりしめた。

その手は大きく温かく、いつもまどかの髪をくしゃくしゃとなでてくれたやさしい手であった。

その大きな手の爪には、ことごとく赤黒い血が染みついている。

「こ、このお手で、おはらを召されたのでございますか、父上……っ。なぜ、生きて帰ってくださらなかったのっ！　父上ーっ」

我知らず、まどかは叫んでいた。

（ばかなことをするんじゃない、まどか……！）

そういった父の、低いが、深みのある声がよみがえった。

尼になるといいはり、髪を切って、父を悲し

ませた時だ。

父は、短くなったまどかの髪を愛しげになでた。

その温かみは、幼いころ、抱き上げられ頬ずりされたあのころの父の手と同じだった。

思い出が重なり、まどかは、幼いまどか姫にもどったかのように、「いやっ、いやっ……！」

と、父にすがった。

「義父上っ、なんというお姿に……っ！　わたしが、お供しておれば……この、わたしが……っ」

直親も駆けつけてきて、その場でむせび泣いた。

「皆々さま、ご遺言がございます」

帰還した奥山孫市郎がその場に片ひざをついて告げた。

「聞こう」

と、いったのは、やはり留守を守っていた小野但馬であった。

「ははっ。まずは、直盛公のおことばをお伝え申します。『このたび、不慮の切腹、是非におよばず。亡骸を国へ持ち帰り、南渓和尚によって、弔い一切をお願い申す』とのこと。……さらに、直盛公亡きあとの井伊谷城は、中野直由殿にお預け申し、時節を待って、直親さまには、引馬城へお移り頂くように、引馬の直平公へお伝え願うようにと……」

それらの報告を、まどかはただぼんやりと聞いていた。

今起こっていることが、現実とは思えず、全身がゆらゆらして、なにか、雲に乗って浮いているようであった。

「ご遺言うけたまわった」といった声に、まどかはハッと我にかえった。

いつの間に来たのか、南渓であった。

「次郎、しっかりせよ！」

南渓はまどかにささやいてから、みなに向かって告げた。

「中野越後守直由殿は、井伊家分家にあたられ、引馬城の直平公の弟にあたられる方の一族じゃ。中野の地をゆずられ住んだことから、中野姓を名乗っておられるが、井伊家にとっては、濃い分家。直盛公は、よき城代をえらばれたといえるじゃろう」

南渓は、それを、その場にいただれに聞かせようとしたのか？

(曽祖父さまの弟のご一族……中野直由さま)

この時、幼くして出家したまどか自身は、井伊家にとって濃い分家だという中野直由をよく知らなかった。

だが、直盛の遺言を不満に思っているだろう小野但馬は、なぜか、南渓に向かっては、何もいわなかった。

家老という重臣の小野家がありながら、君主亡きあとの井伊谷城を分家の中野家に預けるというのは、あきらかに、小野家は信用ならぬと遺言したも同然であったのに。

いまだ青年の頃の面影をのこしている但馬にとって、弟二人を亡くした戦いの重さのみが、その肩にのしかかっていたのかもしれない。


龍泰寺へもどって、弔いの準備が始まって、まどかは、あらためて知った。

桶狭間の合戦には、引馬城の直平は高齢のため、出陣を免じられていたが、引馬城の家老、飯尾連龍はじめ二百の将兵が出陣したという。

そのうち、二十余名が戦死、生死不明の者は四、五十名にものぼっていたが、多くは遺体が帰らず、棺のない弔いであった。

これらの人々の葬儀は、直盛ほか、一門の戦死者の葬儀と共に、龍泰寺の南渓によってとりおこなわれた。

戦国の世とはいえ、これほどの死者を一時に弔うことなど、龍泰寺にとってもはじめてのことであった。

その場にやってきた引馬城の直平に会って、まどかは息がつまった。

まどかの知っている直平は、齢七十四歳、高齢とはいえ、まだまだ知力武略にすぐれた大兵の武将であった。

だが、この時、大きくかくしゃくとしているはずの曽祖父が、なぜか、一気に小さくなったように見えたのだ。

(曽祖父さま……!)

胸の中で呼んだが、声はかけられない。

今川の戦いに、たびたび出陣を命じられた井伊家代々は、直平の長男である直宗も戦死し、直満、直義の弟らも殺され、今また、孫の直盛をうしなった。

戦国の宿命とはいえ、その痛みと悲しみは、だれよりも深かったはずだ。

直盛の棺の前で、直平がつぶやいたしわがれ声を、まどかは耳にした。

「なにゆえ、若武者ばかりが逝くのだ……この年寄りが死ねばよかったものを……!」

そのことばに、まどかは、ハッと、直平を見た。

「何をおっしゃいます、曽祖父さま。曽祖父さまにいてもらわねば、井伊谷はかなめをうしないます。直親も……わたしもっ」

おもわずそういったまどかに、直平はくしゃりと微笑んだ。

無数のしわの中にある笑顔に、まどかは、心から思った。

（曽祖父さまがいてくださって、よかった……！）と。


直盛の法名は「龍潭寺殿天運道鑑大居士」とされ、龍泰寺に葬られたが、この時から、龍泰寺は龍潭寺と名をあらためた。

夫をうしなったまどかの母、椿の方は髪を下ろして「祐椿尼」となり、龍潭寺山門そばに松岳院という庵をむすぶことになった。

そこで、直盛の墓を守って暮らすようになった母と共に、まどかもまた、父の菩提を弔いながら暮らしたけれど、母もまた、一気に老けこんでしまった。

（人は心で生きているのだ……！　だから、心の支えを失ったら、一気に老けてしまうのだ。

……きっと、わたしも……！）

そう思えば、まどかもまた、年齢より年とってしまったのかもしれない。

その年の暮れ、またも血なまぐさい惨劇は起きた。

「祐椿尼、落ち着いて聞きなさい」

松岳院をたずねてきた南渓がそういって、話し出したとたん、母は叫んだ。

「小野但馬が⁉　なんてひどいことをっ……！」

庭にいたまどかは、庵に向かい合った母と南渓をふり返った。

母は青ざめていた。

その母をなだめるように、南渓が話したことに、まどかも立ちつくした。

小野但馬が、井伊家の濃い縁戚、奥山朝利を殺害したというのだ。

まどかは、座敷に駆け上がって、南渓にたずねた。

「いったい、なぜっ⁉」

「うむ、祐椿尼も次郎も、落ち着いて聞きなさい。とりみだしてはいかん。……奥山朝利殿の妹や娘らは、みな、井伊家と深いきずなのある家に嫁いでおる。祐椿尼の兄、新野左馬助殿の妻も奥山朝利殿の妹であったな。今では、井伊直親殿の妻もまた、奥山の娘じゃ。……たどれば、井伊家にとって、もっとも濃いつながりを持っているのが、奥山家ともいえる。いわば、直盛公亡き井伊家の分家中、最大の実権をにぎるかもしれぬのが、奥山家であったろう。ゆえに、たおした……ということであろうな」

南渓は、たんたんと語った。

だが、まどかは、全身が熱くなった。

かつて、小野但馬の父、小野和泉が、井伊家の実権を、直親の父、井伊直満がにぎることを防ぐため、今川家へ『謀反の兆しあり』と、あらぬ密告をして殺させたように、小野但馬もまた、奥山朝利を謀殺したのだと思えたのだ。

「ゆるせぬっ」

まどかは歯を食いしばった。

「次郎、落ち着けといっている。小野の言い分は、先に小野但馬を襲ったのは奥山であり、小野は返り討ちにしたまでだというものであったそうな」

「どういうことですか⁉」

母、祐椿尼が問い返す。

「井伊家縁戚の間には、小野家へのうらみを抱くものが多い。奥山朝利殿もそうであったのか……とも思えるが、すべては、闇の中じゃ。小野のいうことが本当かどうかも、奥山朝利殿亡き今は、たしかめるすべもない。だが、この謀殺には、今川義元の嫡男であり、義元のあとを継いだ今川氏真の意志が動いておるであろう……」

南渓はいったが、直盛亡きあとの井伊家は、獅子身中の虫ともいえる謀略の家臣、小野家をかかえたまま、悲しみにしずんで暮れた。

永禄四年（1561）の二月九日、二十六歳となった直親と妻の間に、男子が生まれた。

その子は、幼名、虎松と名づけられた。

亡き直盛の遺言は実行され、直親の後見ともなった中野越後守直由は、直盛の名、信濃守をついで、中野信濃守直由とあらため、井伊谷城の城代となったが、もう一つの遺言である直親を引馬城へ移せという遺言は果たされなかった。

引馬城は、直親の祖父である直平が、今川との戦いに敗れたその時から、すでに今川方の城であるとして、今川氏真がゆるさなかったのである。

だが、桶狭間の合戦において、圧倒的優位だったはずの今川方の大敗北は、義元の討ち死にだけでなく、駿河、遠江の有力武将が多数討たれ、戦死者は、おもだった今川家臣、旗本、雑兵を合わせれば二千七百余にまでのぼったという。

このため、遠江、三河あたりの戦国の勢力図が大きく変化した。

今川方にくみしていた駿河、遠江の武将らは、義元のあとを継いだ今川氏真に、父、義元の弔い合戦をすすめる向きもあった。

だが、なにより、巨大な力をふるった戦国大名の父の下で、ぬくぬくと育った氏真には、その気概はなく、やれ、連歌だ和歌だ、蹴鞠などと、都の公家のような暮らしをつづけた。

そのため、父の仇も討てぬおろかな跡継ぎとして、これまで今川方であった武将らからも、つぎつぎ見放されることとなった。

その中で、もっともすばやく立ち回ったのは、かの松平元康であった。

元康は、松平氏の旧領と岡崎城を守りつつ、今川氏からはなれて、永禄四年一月には、幼き頃よりよしみのある織田信長と、尾張清洲城にて盟約をむすんだ。

この時、今川義元からもらった一字、元康の元を捨て、松平家康と、名をあらためた。

そして、三河西郡城を攻め、今川氏真の従兄弟となる二人を生け捕りにして、人質交換することで、駿府におかれたままの妻、瀬名姫と、嫡男、信康らを、取り返した。

だが、このかげで、今川の家臣で、瀬名姫の父であった関口親永とその妻は、今川氏真から自害を命じられ、殺されてしまった。

（かつて人質とされ、義元の側室とされた上、家臣に下げ渡された大叔母さまが殺された⁉　義元の息子である氏真に……！）

まどかは、こみあげる怒りをおさえられなかった。

大叔母には会ったこともなかったが、井伊家の存続のため、人質に出された曽祖父の娘である。その大叔母は、敵の今川義元の側室にされ、不要になれば、家臣の妻にされて……その上、殺された！

「戦国の女とは、こんなひどい仕打ちにも耐えねばならないのでしょうかっ⁉」

たまらず、まどかは、南渓に向かって、口にしていた。

南渓は微笑み、「ゆえに、『厭離穢土　欣求浄土』じゃ。家康殿は、よい旗印を選ばれた」という。

「厭離穢土　欣求浄土」とは、苦悩の多い、けがれたこの世からはなれたいと願い、心からよろこんで極楽浄土へ行きたいと願う旗印である。

怒りのおさまらぬまどかはいいつのった。

「でも、この世を、厭離穢土にしているのは、男でございましょう？」

「なるほど、そうじゃのう」と、南渓は笑った。

「次郎、怒りがおさまらぬならば、武道の鍛錬をせよ。この国も、いつまた、厭離穢土の地となるかしれたものではない。その時は、次郎。男とて、女とて、戦うしかないのが戦国じゃ。この寺には、武道の相手をできる僧兵が多くおる。いざとなれば、人をまもる城ともなれるのが寺というものじゃ。三河の家康殿も、寺において、道を開かれたそうな。ならば、龍潭寺は、次郎の城ぞ。怒りにとらわれるのではなく、怒りを解き放つのじゃ」

そういう南渓もまた、この寺での、もっとも剛腕の僧兵、傑山、昊天にもおとらぬ武芸者であったことを、まどかは思い出した。

（そうだった……！　戦国の女の悲劇を、我が身に映して怒るのではなく、解き放つのだ……）

と、まどかは気づいた。

その日から、まどかは、弓、長刀など、武芸の鍛錬を日課にした。

永禄五年（1562）も、十二月になってのこと、井伊直親が、今川氏真に呼び出され、駿府へ発つことになった。

「なぜなのです？　母上、なにかお聞きになっていますか？」

まどかは、龍潭寺山門そばの庵に住む母、祐椿尼にたずねた。

母は、もともと今川から目付として派遣された新野左馬助の妹であったので、今川家の情報を兄から聞いて知っているのではないかと思ったのだ。

新野左馬助は、同じく目付家老である小野但馬とはちがって、殺された井伊一族の奥山朝利の妹を妻として、おだやかな人柄の人物であった。

「直親さまの父上、直満さまが殺された時と同じことが起こったのです。あの小野但馬が、今川氏真に讒言をしたそうです。直親さまが、松平家康と通じて謀反をはかろうとしているから、今すぐ兵を出して直親をたおすべきだと……」

「ええっ、そんな……っ」

母のことばに、まどかの肌は、ぞっとあわだった。

「……でも、大丈夫。新野の兄上が、氏真に申し開きをしてくださいました。『小野但馬の申すはまちがいである。兵を出すのではなく、呼び出して問いただすべきだ』と。こたびは、問いただすだけだそうですから、間違いはおきないでしょう。たしかに、直親殿は、三河へ行かれたことはありますが、それは、従妹の瀬名姫のご機嫌うかがいだったとか。もし、直親殿が氏真に心をよせていないとしても、それは仕方のないこと。お父上を殺され、ご自分も殺されそうになったのですから。家康殿と親しくおことばをかわされたとしても、それを謀反というのは、あまりに乱暴です」

母、祐椿尼のおちついたようすに、まどかはほっとしつつ、それでも気になって、直親の出立を見送りに出た。

遠くからでも、直親を見るのは、直親が妻をもらってからというもの、初めてであった。

「では、行って参ります」

直親は家臣十八名ほどを供に、騎馬で発つようであった。

出立前、直親は、見送りに出たまどかに気づいた。

そして、意を決したように近づいてきて、「次郎の姫、無事の帰還を祈ってくだされ」と、まどかを見下ろし微笑んだ。

黒目勝ちの切れ長の目が細くなって、まどかは、ときめく胸を、むりやりおさえこんだ。

その時、直親がふところから出したもの、それは、かの青葉の笛の笛袋であった。

あの時、なくしたと思っていた笛袋を、直親はずっと持っていたのだ。

「これは、わたしにとって、水晶を結んでいた守り袋ともいえるものです。姫にあずけますから、水晶と共に、無事を祈ってくださいますか？」

そういった直親の濃いまつげの陰影が、間近でゆらぐのを見たまどかは、くらりと、めまいがした。ふいに、よみがえったのだ。

あの日、直親に抱きしめられた感覚が……！

それを、だれかに見られたような気がして、おもわず周囲を見回したが、あたりに、直親の妻、志保の姿はなかった。

虎松を産んでから、やや体調をくずしていると聞いたので、屋敷内で、直親を見送ったのかもしれない。

そういえば、虎松はよちよち歩きを始めただろうか……と、ふと、まどかが思った時、「ちちうえーっ」と叫んだのは、成長した直親の娘、桃であった。

桃は、今は他家にあずけられていると聞いていたが、直盛時代から井伊家を支えてくれる豪商の瀬戸方久が桃の手をひいている。

「直親さま、ご無事のご帰還を」

方久が、腰を低くしていった。

「うむ、留守をたのむ」

真冬の厚い雲の下、直親は笑顔で桃に手を振り、一行は街道へ踏み出した。

と、厚い雲が切れて、陽射しがのぞいた。

「おお、出立に、よき兆しだ」

誰かがいった。

切れた雲間から、陽の光が地上へかたむいて射しこんできた。その陽射しが、ちょうど、天からかかったはしごのように、出立する直親を照らし出したせつな、まどかは駆け出した。

「か、亀っ……行くなっ!!」

叫んだ声に、みなが振り返った。

「い、行ってはならぬっ」

叫ぶまどかに、直親は微笑み、手を上げて、一行は遠ざかった。

(行ってはならぬっ……亀っ!!)

その場にくずれ落ちたまどかには、遠い日の亀之丞のことばがよみがえっていたのだ。

(……三日前に、父上と叔父上が、今川へ旅立たれた時も、天からわたる階のごとく、朝日が射しておった……)

そういった亀之丞の父も叔父も、殺されたではないかっ!

いけないっ、亀も殺されるっ!!

まどかはその予感に全身が凍りつき、立つこともできなかった。

「どうなさったの？　次郎の姫さま」
桃が駆けよってきて、たずねた。
そのあどけない瞳に、まどかはたまらず、桃を胸に抱きしめていた。

その夜、まどかは夢を見た。

まどかは、あのすすきの原にいた。

夕雲がたれこめ、その雲のすきまから、天からとどく階のごとく、金色の陽が射しこんでいて、そこに立った亀之丞の肩から背のあたりが、金の光にふちどられて見えた。

「……おれは、幼い頃より、まどかにあこがれていた。年ごろも変わらず、女であるのに、りりしかったからだ。おれも、そうなりたいと思った。まどかより、もっと強く、もっとりりしい男になりたいと、いつも思っていたんだ……」

そういった亀之丞のことばは、いつか、あのすすき野で聞いたことばに似ていた。

だが、まどかは、これまで、だれにもいわなかったことを口にしていた。

「わたしはどうしても男になりたかった！　母上や父上がよろこんでくださるように。母上は男子を産めなかったことで、父上に、ほかにも妻を持つようにとすすめたこともあったんだ。……だが、父は、母一人を妻として、生涯、側室を持つことはなかった。父はわかっていたんだ。もし側室を持って、父との間に男子が生まれたとしても、それは、井伊家のためにならず、むしろ、井伊家に騒動を呼びよせるだけだと。男子が生まれて世継ぎとするなら、その子は母と父との間に生まれなければならないと。……それを知って、わたしは、もし男になれるなら何もいらぬとさえ思った。だから、女でありながら、男のようにふるまったんだ」

そういったまどかを、亀之丞は微笑んで抱きよせた。

「つらかったな……まどか」

亀之丞は、まどかの髪をくしゃくしゃとなでた。

「え、父上!?」

その感触にふと顔を上げると、父ではなく、やはり亀之丞であった。

「おれは、死なぬ。生きぬくことが、まどか、おまえをまもることだから……。義父上、直盛公も、おまえを見守ってくれとおっしゃった。おれは、生きぬいて、おまえと、この井伊谷を守りぬく。今のおれにできることはそれだけだとしても、おれはかまわぬ。人を愛しむことの果てなさ……その大きさを教えてくれたのは、まどか、おまえだ……」

そういった亀之丞の温もり、低いがやさしさあふれる声……。

その時、気づいた。

この温もり、このやさしさをこそ、女もまた、命がけで護るべきなのだと……。

まどかは、夢の中で、初めて女の愛というものを知った。

女は弱く、強い男に護られるものだというが、そうではない！

女は、おのれより強く、大きく、たくましい男を、もっと深く大きな魂で護っているのだ！

弱かった母が、男のようにりりしく強かったのも、そういうことなのだ……と。

夢から目覚めた時、まどかは、亀之丞が、いかにかけがえのない男であったのかに気づいた。

妻があり、その妻との間に子があっても、それがなんだ⁉

たとえ死によってさえ、親子のきずなが断ち切られることがないように、亀之丞とまどかのきずなは、妻となり夫となることがなかったとしても、断ち切られるものではなかったのだと……。

六　ふたたびの惨劇

永禄五年（1562）、十二月十四日。

直親の一行は直親をふくめ総勢十九名、井伊谷から東南東へすすんだ。

今川氏真の待つ駿府までは道半ばだったが、やがて、掛川城が見えてきた。

掛川城は、今川の家臣、備中守を名乗る朝比奈泰朝の城である。

その城下も目に入ってきたその時、朝比奈の率いる兵団が、直親一行を待ち伏せ、いっせいにとりかこんだ。

「いったい、何事……」と、問う間もなく、直親一行はおしつつまれ、朝比奈の兵団の手に手に槍刀が、白くきらめく。

「かかれっ」

発された号令に、百を超える兵団が、直親一行に襲いかかってきた。

直親の家臣らも抜刀し、多勢に無勢ながら、応戦した。

それは、たった家臣十八名とは思えぬほどの乱戦となったが、敵兵団は、鎧小手で身をかためた戦支度であったのに、直親の一行は、戦うには裸同然ともいえる平服に過ぎなかった。

身を護る小手も鎧もない十八の家臣らは、多勢の敵がくり出す槍刀に、つぎつぎ、たおされた。

「と、殿ーっ、お逃げくだされーっ」

最後の家臣の叫びに、直親は馬を駆った。

「おのれっ、朝比奈ーっ!!」

そう叫んだ直親は逃げることなく、敵に突入した。

くり出される槍や刃を斬り落とし、はねのけ、まっすぐ、敵将、朝比奈泰朝に向かって突き進む直親に、敵軍は乱れた。

その時、直親の横腹に、ずんっと、長槍が食いこんだ。

それと見て、傷を負った直親の騎馬にまでいっせいに斬りかかろうとする雑兵どもを、直親は斬り倒し、払って、自ら落馬し、「行けっ」と、馬に向かって叫んだ。

せつな、駆け去る馬の天地がひっくり返った。

直親の首が、ひらめいた敵の長刀に斬り落とされ、無残に地平をころがったのだ。

同時に、朝比奈兵の勝ちどきが上がったが、それは、ほんの一瞬で、やがて城下は何事もなかったかのようにしずまりかえった。

直親の供をした士分の家臣はすべて討ち死にし、生き残ったのは、わずかに足軽身分の従者のみであった。

もとより、宣戦布告もなく、多勢の戦支度の兵団で、直親をふくんでもわずか十九名の平服の一行をかこんで討ち取るなど、だまし討ちに過ぎず、戦といえるものではなかった。

だが、その戦ともいえぬだまし討ちで、井伊家最後の希望であった井伊直親二十七歳の若い命は絶たれたのだ。

朝比奈の言い分は、「直親が今川氏真から呼び出され行くとは知らず、駿府を攻めると思って討ち取った」というものであったが、たった十八名の家臣を引きつれ、駿府を攻めるなど、子どもでも思いつきはしない。

あきらかにとってつけた嘘で、今川氏真が朝比奈に命じてやらせたことであった。

生き残った従者らによって、直親の首のない遺体がはこばれてきて、その報せが井伊谷を駆けめぐった時、井伊谷の諸城、人々はみな凍りついた。

まどかは、どうしたか……？

泣きはしなかった。

いや、泣くこともできないほど、放心していたともいえる。

（あの時、わたしがとどめていれば……！）

幾度思ったかしれない。

だが、すべては、とどめられなかったのかもしれなかった。

直親が駿府の呼び出しに応じなければ、今川氏真はすぐさま兵を出し、この井伊谷を踏みつぶしていたかもしれず、かといって、呼び出しに応じる者が戦支度で行くこともならず……どうすれば、直親を救えたのか、今となっても、まどかにはわからなかった。

直親を救おうと、氏真に談判し、井伊谷への兵を出させなかったまどかの母の兄、新野左馬助の怒りと悲しみも大きかった。

氏真は、新野には「問いただすのみ」といったが、ひそかに朝比奈に命じ、直親をだまし討ちさせたのだ。

「氏真公のお仕打ちを予測できなかったこの新野、ここで腹をかっさばいて、おわびせねばならぬ身なれども、今は、直親さまの遺されしお世継ぎ、虎松さまだけは、命をかけておまもりするとお約束いたしますっ」

新野はそう告げて、号泣した。

井伊谷城の城代、中野直由もまた、あまりのことに茫然としたが、すぐさま我に返り、朝比奈が井伊谷へも攻め寄せるかもしれぬと考え、そくざに井伊谷全域に物見を立て、警戒をおこたらぬようにと、命を発した。

「次郎、弔いの準備をせよ。直親殿の首級は、この龍潭寺がもらい受けよう」

そういったのは、南渓であった。

井伊家菩提寺の住職としての南渓は、仏門宗派のつながりによって、朝比奈へ使者を出し、まもなく、直親の首級をとりもどした。

直親の首級が、井伊谷へもどってきた日。

棺におさまった直親の遺体を見て、まどかは初めて号泣した。

切りはなされた遺体と首はつなぐようにして、棺におさめられていた。

その姿のいたましさに、まどかは、切りはなされた首の血の跡をきよめつつ、ただうめくように泣きつづけた。

多くの血をうしなった直親の彫り深い顔は、蝋のように白く、人形のごとく見える……。

だが、閉じられた切れ長の目の、濃いまつげの陰影だけが、弔いの燈明の光に、命あるごとくゆらめいて見えた。

「亀よ、なぜこの年寄りをおいていった⁉」

そういったしゃがれ声に、まどかは顔をあげた。

「あ、曽祖父さま……！」

直盛亡き後、一気に老けこんでいた引馬城の直平が、鬼の形相となって、そこにいた。

「許しがたし……氏真っ」

うなるように発せられた直平の声が、まどかには、殺された直親の、魂の声のようにも聞こえた。

その時、まどかは思い出した。

かつて、亀之丞だった直親が、まどかに語ったことばを……。

「人は、力を尽くしきるまで、死んではならぬものよ。亀よ、早う、強うなれよ」……身体の弱かったおれが熱を出し、寝こんだ時、直平公がおっしゃったことばだ……。

そういった亀之丞の笑顔まで見える気がして、まどかは直平にうったえた。

「曽祖父さま。か、亀は、力を尽くしきるまで、死なぬと……曽祖父さまのおっしゃったように生きたいといっていました！　それなのに……」

まどかは、あの時の、亀之丞の思いを伝えたかった。

「次郎の姫よ……」

直平が深く呼吸をして、天をあおいだ。

「武将の命というものは、代々残された者が継いでいくのだ。……直盛も、亀も生きておる。次郎の姫、そなたのなかに……虎松のなかにものう。決して、消えはせぬ……！」

直平のことばに、まどかはただ胸がつまった。

（消えずとも……もう、会えない！）

そう思えば、旅立ちの日に語り合った直親の笑顔が浮かぶ。

あの手の温もりを思って、まどかは、もう動かない直親の手を、そっとにぎりしめた。

だが、その手は冷たくかたく、もはや命の温もりはなかった。

その時だった。

まどかの袖を、ぎゅっとつかんだ者がいた。

ハッとして見ると、それは、幼い虎松であった。

見下ろせば、きりりと一文字の眉に、濃いまつげがふるえている。

「父上を見たい……！」

小さな虎松には見えない棺の中を見たいというのか……？

まどかは、虎松を抱き上げた。

まだまるく幼いその身体は乗り出すように、棺をのぞきこんだ。

まだ、死が、どういうものかもわかってはいないだろう虎松は、まるい頬をまどかに寄せてくる。そのやわらかな肌に、つい頬ずりしそう

になって、まどかは気づいた。

今、だれよりもつらい人がそこにいることに。

奥山因幡守朝利の長女であり、虎松の母である直親の妻、志保。

その人は、武士の妻らしく、涙すら見せず、来る人、来る人に、丁寧に頭を下げていた。

「志保さん、虎松に、父上を見せてあげてください」

そういって、まどかは、抱き上げた虎松を志保にあずけた。

「はい……」

か細い声で志保がこたえ、虎松を抱き取った。

「ほら、お父上ですよ」

志保がいい、虎松がうなずく。

「父上、もう目を開けないの？　ずうっと？」

虎松のことばに、志保が、「うっ……」と、涙をこらえた。

その姿の悲しさに、まどかは、心の奥で叫ばずにいられなかった。

（亀っ……！　なぜ死んだっ。志保や幼い虎松をおいてっ……！　この井伊谷をおいて、なぜっ!?）

直親の棺は、直親の祝田屋敷近くの河畔で、火葬されたが、その場には、虎松の姿はなかった。今川氏真から、「直親の一子、虎松も誅殺（とがめて殺すこと）せよ」との命令書が出されていたのだ。

かつて、まだ幼い亀之丞を殺せといってきたあの時と同じであった。

だが、命がけで虎松をまもろうとしていた新野左馬助は、ともかく、幼い虎松を乳母と共に、新野屋敷へかくまったのだ。

直親の死によって、井伊家総領となる成年男子は、まどかの曽祖父である井伊直平のみになってしまった。

息子らにも孫にも死なれた齢七十半ばも過ぎた井伊直平が、ふたたび家臣すべてをしたがえ、井伊家をとりしきるしかなかった。

その日のことを、南渓が話してくれた。

「直平公は、家臣一同に告げたそうだ。『小野但馬への報復、攻撃一切を禁じる』とな。今川氏真へ讒言して、直親殿を殺させた小野但馬を憎む家臣は多い。ことに、直親殿の供をして討ち死にした家臣の親族からは、『許しがたし、小野但馬っ』という声が上がっている。血気にはやった者らが、いつ、小野家を襲わぬとも限らぬゆえ、実は、もっとも許せぬと感じておられる直平公が、そういうしかなかったのであろう」

そういって、南渓はため息をついた。

「曽祖父さまは、これ以上、家臣をうしないたくないと思ってらっしゃるんですね」

まどかは、すぐ察した。

「そうだ。よくわかったな、次郎。井伊家総領とは、この井伊家そのものを守るものだ。井伊家が今川と戦う戦力がない以上、今川の目付役である小野但馬を攻撃したりすれば、井伊家を思う忠義の家臣をまたうしなうことになる。奥山朝利のごとくにのう……それはならぬとおっしゃっているのだ。直平公は……」

南渓のことばに、まどかはふたたび気づいた。

もうだれもいなくなったと思っていた井伊家には、まだ頼りになり、信頼がおける家臣がいるのだということに。

永禄六年（１５６３）の三月、井伊家の遠江国の西どなりにあたる三河国では、岡崎城の松平家康と瀬名姫との間に生まれた五歳の長男、竹千代（後の信康）と、織田信長のやはり五歳の長女、徳姫の婚約がととのった。

これによって、信長と家康は、さらに強く結ばれたといえる。

だが、この年の九月、家康の三河領内に一向一揆が起こった。

一向一揆とは、戦国時代に、城と同じように力を持っていた浄土真宗の寺社などが、聖域に踏みこんで横暴をした支配者らに反乱したもので、この一揆は、門徒ばかりか豪族をもまきこみ、一揆勢が、家康の城である岡崎城へ攻め上るまでの騒動となった。

同九月に、この機に乗じたか、今川氏真がようやく、父、今川義元の弔い合戦をするとして、駿河を出陣した。

この時、氏真は、井伊家へも、三河への出陣を命じてきたが、敵は、なんといっても強敵の、織田信長、松平家康である。

井伊家総領にあたる壮年の武将は、すでにうしなわれていたので、老齢をおして、直平が出陣するしかなかった。

氏真よりややおくれて井伊谷を出た直平軍は、東海道の白須賀のあたりで野営したが、この時、共に出陣した引馬城の城代、飯尾豊前守連龍は病を発し、ここから引馬城へ帰っている。

その後、野営地の直平陣内から、失火による火災が起こった。

火災は、遠州灘から吹きよせる強風にあおられ、たちまち燃えひろがって、宿場町にも燃え移り、思わぬ大火になってしまった。

それを、今川氏真は、井伊家の謀反かとうたがった。

氏真の前面には、強敵である織田、松平の軍団がいる。

もし、背後から、井伊隊に襲われたら、はさみうちになるとでも思ったのか、それとも、これまで、井伊家の直満、直義を殺し、直宗、直盛を今川の起こした戦のなかで死なせて、さらに直親までをもだまし討ちにしたことへの報復を恐れる気持ちがそうさせたのか……。

氏真は、井伊家へのうたがいを解かないまま、いったんは、全軍を朝比奈の掛川城へ退かせた。

そして、直平へは、あらたな攻撃を命じた。

桶狭間においての今川方の敗戦以来、ひそかに武田方にとりこまれた社山城の天野宮内衛門を攻め落とせというのだ。

社山城のある磐田原の西方には、三方ヶ原がある。

その日、直平は、引馬城の城代、飯尾連龍の妻がすすめた茶を飲みほし、いざ、ふたたび出陣した。

だが、磐田原への進軍の途中、直平は胸苦しさをうったえ、意識をうしない落馬した。

馬廻り衆が駆けよったその時には、すでに息が絶えていた。

あきらかに毒殺であった。

引馬城の城代、飯尾連龍の妻は天野家の親族でもあったので、それで毒殺されたのか、いや、むしろそれも、氏真の命であったのか？

急報は、直平の家臣によって、井伊谷へもたらされた。


「曽祖父さまが……っ!?」

まどかにとって、それは、井伊家代々に引き継がれた最後のろうそくの火が、一気に吹き消されたような報せであった。

（も、もう、だれもいないっ……！　父上も、亀之丞も……曽祖父さままで……！）

気丈なまどかも立っていられず、その場にくずれ落ちた。

だが、井伊家の悲劇は、それでもなお終わらなかった。

直平が三河に出陣した際、自らも出陣していながら、病と称して、途中から引馬城へ引き返していた引馬城城代、飯尾連龍が、実は、松平家康に内通していたというのだ。

かつて、野営地の白須賀で起こった大火災も、飯尾が放火したとわかって、今川氏真は激怒した。

そして、こたびは、氏真から、「引馬の飯尾を攻めよ」と、井伊家へ急命が下った。

それはもう、だれが裏切り者かもわからなくなった氏真の錯乱だったのかもしれない。

だが、この引馬城攻めを率いる井伊家総領はもういない。

そのため、井伊家を支える重臣であり、縁戚でもある新野左馬助、井伊谷城の城代、中野直由などが出陣した。

しかし、飯尾連龍は手強かった。

かつて井伊家家臣であった者同士が戦うことで、井伊家の兵や戦力もはなはだしくうしなわれた。

さらに、引馬城攻めを率いた中野直由、新野左馬助までが戦死してしまったのだ。

井伊家は、総領となる成年男子すべてだけでなく、井伊家のために尽くしてくれる重臣までもうしなってしまった。

だが、後に、この飯尾連龍もまた、今川氏真から、「問いただすのみ」として、呼び出されて応じたため、駿府にて殺されている。

じゃま者は、互いに戦わせて両方をつぶす、あるいは、手強い者は、和解するふりをして呼び出し、謀殺する。それが、つねに、今川のやり口でもあった。


立てつづく争いで、憎しみがうずまく井伊谷はひどく荒れ果てた。

直盛の戦死、直親の謀殺、直平の毒殺……さらに、頼りにしてきた中野直由、新野左馬助の戦死……もう、ぼうぜんとするしかない。

だが、龍潭寺だけは変わらず、静かな時を刻んでいた。

「次郎の姫よ。井伊家には、もはや、姫しか残っておらぬ。井伊家をつぶすか、守るか、すべては、姫にかかっておる」

南渓がいった。

「わたしに？　わたしに、なにができましょう。南渓さまこそ、還俗されて、曽祖父さまの跡をお継ぎください！」

「姫よ、わしはのう、直平公の三男ではあるが、外に生まれた子じゃ。記録に残ったわしの親は、直平公ではないのだ」

「そんなはずはありませんっ。曽祖父さまは、『息子の中で、一番わしに似ているのは南渓じゃ』とおっしゃっていました！」

まどかから見ても、南渓は、直平に似ていた。

「いや、もはや、それを証明する者はだれもおらぬ。わしは、直平公が、城の外で産ませた子であったかもしれぬが、その直平公も、記録に記された両親とされる者も、すでに亡くなっている。古来、男子のうちの一人は、仏門へ入れるのが武将の心がけといわれて、わしは、直平公によって、仏門におかれた。おそらく、井伊家代々の菩提を弔うよう生まれてきた子じゃゆえ、還俗はならぬのよ」

きっぱりと、南渓はいった。

「ゆえに、直親殿のわすれがたみ、虎松の成長を待つ間、井伊家総領の血を継げるのは、次郎よ、そなただけじゃ。次郎、還俗せよ。還俗して、井伊家総領となるのだ。考えてみれば、姫の法名を『次郎法師』としたのは、亡き直盛公が、決して娘を尼にはさせぬと申されたからだ。姫は、次郎法師。男子として出家した。ならば、還俗して、男子として、井伊家総領となりなされ」

南渓のことばは、まどかにとって、亡き父、直盛の遺言のように思えた。

新野左馬助までが亡くなった今、今後の虎松を護るのは、わたししかいないのか……！

そう思うまどかは、直親の弔いの日に抱き上げた虎松の、まぁるい頬を思い出していた。

抱き上げた時の、幼児ならではのやわらかな重み、あれが虎松の命だ。

「……あの子を、殺させてなるものかっ」

まどかは、決意をこめて顔を上げた。

七　女城主、直虎

井伊次郎直虎、それが、男子として還俗したまどかの名となった。

直虎と名乗るにあたって、これまで髪をおおっていた尼の白頭巾は捨てた。

肩までの髪は、若衆のごとく束ね、腰に両刀も佩びた。

井の国領主、井伊谷城城主、井伊次郎直虎の誕生であった。

だが、井伊谷城の城代、中野直由の戦死以来、井伊家の所領のほとんどすべてを牛耳っていたのは、家老の小野但馬であった。

「女領主など、片腹痛いわ」と、小野但馬はなめていただろう。

この日、直虎が城主として、家臣らの前に、初登城する日であった。

だが、どの家臣も、不安げに互いを見回し、それぞれの顔色をさぐっていた。

（この動乱の世、はたして、次郎の姫に、城主どころか、井の国の領主などつとまるだろうか？）

だれの顔にも、その不安がよぎっていた。

だが、直虎はいつまでも現れない。

「どういうことだ!?　直虎さまはどこにいらっしゃる？」

家老席で待っていた小野但馬が、声を荒らげて問うた。

井の国、井伊谷の石高は、二万五千石であった（一石は大人一人が一年に食べる米の量）。

この二万五千石の領国をどう治めるか、井伊家家臣、将兵らをどう処遇するか、井伊谷城の城代、中野直由の戦死後、領主の仕事は山となっていたのだ。

直虎を待つ家臣らがざわめきはじめたその時、ふらりとやって来たのは、南渓であった。

「おのおのがた、お待たせしてあいすまぬが、直虎さまは手がはなせぬようじゃて、みなみな、わしと共に、お越しいただけるかの？」

のんきそうな顔でいうのに、小野但馬は、むっとしたように立ち上がった。

「どこにおいでだ？」と、歩み出す但馬に、家臣らもぞろぞろついていく。

城を出て、一行は、龍潭寺の参道にある、井伊家伝説の井戸までやって来た。

「ほれ、あそこにおいでだ」と、南渓が指した。

井伊家祖の伝説のあるこの地は、昔は八幡宮の「御手洗の井戸」と呼ばれた古井戸であり、今は屋敷のような門構えに袖塀にかこまれているが、井戸は長くかれている……はずであったが、そこには、なにやら、領民らがよりあつまり、みょうにはしゃいでいるようすであった。

「水が出たーっ。これで、山手の田んぼもかれずにすむっ」

「ありがたや、ありがたや」

「直虎さま、ありがとうございますっ」

領民らにかこまれ、にこにこしている若衆姿の直虎の顔は泥によごれて、そばに立っている井戸掘り職人らと、肩をたたき合っている。

「何事です？」

小野但馬が直虎にたずねた。

「やあ、但馬。待たせてすまん。井伊家代々の井戸水をよみがえらせようと、瀬戸方久にたのんで、職人に掘ってもらったんだ」

直虎がいった。

「直虎さまが職人に代わって、井戸の底まで下りてくださった時に水があふれ出しました！　まことに、直虎さまは、この井の国のご領主にふさわしいお方と、水の神も、田の神も寿いでおられるのでしょう」

振り返って、そういったのは、職人にまぎれていた豪商、瀬戸方久であった。

「直虎さまっ、この井戸のお水、あまいわ！　みんなと、もっと飲んでいい？」

その場の子らにまじっていったのは、瀬戸方久にあずけられ、もう十四、五になるだろうか、今は農家に嫁いだ直親の娘、桃であった。

「いいとも。田をたがやし、米を作ってくれるおまえたちがあってこそ、井の国が成り立つんだ。領主より、寺より、おまえたちこそ、その井戸を守っていっておくれ」

そうこたえた直虎をながめて、南渓は顔をほころばせうなずいていた。

と、ふいに、小野但馬が、その場に片ひざをついた。

「なるほど！　直虎さまは、井の国にふさわしいご領主！　この小野但馬、直虎さまの家老として、力の限り、つとめましょう！」

小野但馬がいったので、ついてきた家臣一同もその場にひかえ、うなずき合った。

「但馬……！」

直虎は、ハッと胸をうたれた。

直親をおとしいれ、今川に殺させた憎き小野但馬ではあったが、その但馬が、ずっと昔の若き小野政次に見えたのだ。

かつて、夫になったかもしれぬ青年の小野政次は、すでに壮年を過ぎて、今まさに井伊本家にもおとらぬ権力を手にした武将となっていた。

直親を殺されたうらみは忘れない。だが今の直虎は、井伊家の姫ではなく、領主であった。どれほどの痛みと怒りに歯ぎしりしようが、井伊家のため、この但馬の力を借りなければならなかった。それが、領主となった直虎の役目でもあったのだ。

井伊家総領、領主ともなった翌年、直虎は、かつて、伊那谷へ逃れる亀之丞と藤七郎が詣でた井伊氏の氏神、寺野八幡社に、曽祖父直平の菩提を弔うための鐘楼を寄進した。

鐘楼には、次郎法師の名と、瀬戸方久の名が刻まれた。

領主となっても、戦にさらされつづけた井伊家には、鐘楼を寄進する資金はなかったので、豪商、瀬戸方久が、資金全額を立て替えたのだ。

そういう行事ができたのは、この時期の井の国は、しばしおだやかであったといえる。

だが、そのおだやかな日々は、長くはつづかなかった。

相次ぐ戦にくわえて、凶作が続き、農家や小作人の暮らしは、どんどんひどく苦しくなっていた。

永禄九年（１５６６）となって、今川氏真より井伊領へ、徳政令が出された。

徳政令とは、貧しい人々を救うため、領主の年貢や税、さらに、それまでの貸借を破棄して、支配者や金持ちが貸した金を、貧しい人々が返さなくてもいいように特別なはからいをする法令であった。

領民をすくうためなら、たとえ、今川が押しつけてきた法令であっても、それにしたがおうと、直虎は思った。

「いや、待て、直虎。これは、井伊家をとりつぶす法令かもしれぬぞ」

そういったのは、南渓であった。

「考えてもみよ。今の井伊谷、井伊家を支えてくれているのは、瀬戸方久だ。今、井伊谷に徳政令を出せば、だれが一番被害を受けるか？　それは、瀬戸方久だ。もし、瀬戸方久が私財をうしない、井伊谷から消えれば、井伊家は危機を支えてくれる者を失い、もはや、つぶれるしかない。そうなれば、井伊谷を牛耳るのは、代々の小野一族とその銭主だ。おそらく、この徳政令のうらには、小野家が動いておるぞ」

南渓のことばに、直虎はあぜんとした。

（そんな……！）

直虎が井伊家を継いでからは、小野但馬は、おもてむきは、直虎の良き家老としてはたらいてくれていた。それなのに、今川と結んだ小野家が、やはり井伊家をねらっていたとしたら、直虎には、政というものが、とても手に負えない気がした。

「で、では、どうすれば？」

「ひきのばせ……しばらく。さすれば、天下の瀬戸方久じゃ。自分で手を打つだろう。直虎はひきのばすだけでよい」

南渓がいった。

「わかりました。しばらくですね。それなら、やってみます」

そうこたえて、直虎は踏んばった。

だが、やがて、直虎が日々見回っていた田んぼや畑に、元気な子どもたちの姿が見えなくなっているのに気づいた。

しらべさせれば、暮らしに困りはてた貧しい小作人には、土地を手放し、いつのまにか、行方をくらました者もあり、一家離散した家族の子どもは、下人として売られるようなこともあったという報告があり、直虎は頭をかかえた。

子どもらの元気な声が聞こえなくなっただけでなく、さらにこの年、井伊家へ年貢としておさめられる米の石高も大きく減っていたのだ。

「直虎さま、どうか、徳政令を出してくださいませ」

領民らも願い出てきた。

直虎は決意した。

「領民らの願いに応じてやりとうございます」と、南渓に告げた。

「これまで、井伊家を援助してくれた銭主の瀬戸方久や、井伊谷の人々へ惜しまず援助されてきた龍潭寺や南渓さまには、大きな負担がかかってしまうかもしれませんが、わたしにできるだけの処置はいたしますので、どうか、徳政令を出させてください」

そういって、頭を下げた直虎に、南渓は微笑んだ。

「それでよし。領主とは、そうあるものだ」と。

ついに、直虎は、永禄十一年（1568）十一月に、井伊領へ「徳政令」を布告した。

だが、直虎が徳政令をひきのばしている間は、むだではなかった。

「おう、そういえば、井伊家の銭主であった瀬戸方久は、徳政令をひきのばしている間に、今川氏真に近づき、城の修理などの資金を出す代わりに、井伊領の東の端の気賀に、堀川城という出城を建てたそうじゃ。さらに、そこの城主となったという。その名、瀬戸方久改め、新田喜斎じゃそうな」

南渓が笑って教えてくれた。

（新田喜斎か……。そういえば、瀬戸方久は出自は武士だといっていたな。ともかく、これで、井伊家は瀬戸方久の恩に報いることができたということだ）

直盛時代の瀬戸方久を思い出し、直虎も微笑んだ。

その徳政令は、南渓がいった通り、今川と小野家のたくらみであった。

その後、今川氏真は、今回の徳政令についてのあれこれを不行き届きとして、井伊谷領を井伊家から召し上げ、今川の直轄領とするといいわたしてきた。

さらに、小野但馬を城代とするので、井伊谷城を、小野にあけわたすようにとも命じてきた。

「もし、この件について、井伊家家臣の者どもにおいて、さからう者あれば、井の国全土が焦土となるお覚悟をなされ。さらに、井伊直親の遺児、虎松の引き渡しを命ずる！」

今川氏真の使者から告げられたことばに、直虎は、きっと顔を上げた。

（わたしはいい！　覚悟はできている！　だが、虎松は、ようやく、八歳になったばかり！　その幼き者まで、殺すというのかっ⁉）

ことばにはしないが、直虎は、使者をにらみつけた。

その目にややたじろいだか、使者はつけたした。

「もはや、井伊家はとりつぶされたも同然。領国もないのに、子があっても役に立つまい。虎松は明日引き渡していただく！」

その使者が井伊谷城を去ってすぐ、直虎は新野屋敷へ馬を走らせた。

新野左馬助が元気だった頃から、直親の妻と虎松は、新野家で守られていたのだ。

だが、その新野左馬助は、もういない。

（氏真は恐れているのだ！　井伊家の子が、いつか今川にさからい、ふたたび兵をあげるのではないか……と！　おくびょう者ほど血も涙もないっ。たった八歳の子を殺そうとするなど、亀之丞の時と同じだ……っ！）

馬上、直虎は、幼かった頃の亀之丞を思った。

身体が弱く、すぐ熱を出した亀之丞……そう思えば、まるで、時がもどったようであった。

（助けなければっ……あの子を！）

幼かった亀之丞を思って、新野屋敷へ駆けこんだ。

直親の妻、志保が出てきたが、あいさつもそこそこに、「亀之丞……いや、虎松は？」とたずねた。

「何事でございます？」

志保が、眉をひそめていうのに、直虎は「時がないっ。説明はあとだ！」というしかない。

一刻も早く、虎松をかくさなければ、今にも、小野但馬がやってくるのではないかと、気が急いた。

「母上。どうしたの？」

まだ前髪のかわいらしい幼顔がのぞいた。

「亀っ！」

おもわず呼んでいた。

襖から顔をのぞかせた虎松は、亀之丞とそっくりであったのだ。

まだきゃしゃな首すじは頼りなげだが、一文字に切れ上がった強情そうな眉といい、濃いまつげの目元といい……そこには、永遠に失ってしまったはずの亀之丞がいた。

「ご説明をなさってくださいませ」

志保がいう。

「くわしくは話す間がない。今川が、虎松を引き渡せといってきた。渡せば殺される！　今川の使者や、小野但馬がここへ来る前に、虎松を龍潭寺へつれていくから、あなたも身支度をして、龍潭寺、松岳院へ、すぐいらっしゃい。よろしいな？」

早口でそれだけいい、虎松をさらうように馬に乗せ、龍潭寺へ走った。

志保は、直虎の一言で危機を理解したのか、深くうなずき、直虎を呼びとめたりもしなかった。ただしずかに、玄関で見送った。

（さすがに、直親の妻だ……！　あっぱれな……）

そう思いつつ、声もかけてやれない。早く、一刻も早く、龍潭寺へと急がねばならない。

鞍の前に乗せた虎松は、一度だけ新野屋敷を振り返ったが、これも、声を上げなかった。

(みごとな……みごとな母子だ!)と思い、直虎は胸がつまった。

たしか、命が危なかったあの時の亀之丞は、今の虎松より一つ二つ年上だったはずだ。

それにくらべれば、この虎松は幼く見える。

だが、身体の弱かった亀之丞が、見ちがえるようにたくましくなっていた後の日を考えてみれば、この年ごろの一歳の成長は、目をみはるものがあるのかもしれない。

命が、どんどん伸びよう、ひた向きに生きようとしているのだ。

(こんな伸び盛りの子を、殺させてなるものかっ)

そう胸にちかって、直虎は龍潭寺へ駆けこんだ。


龍潭寺へ駆けこむと、南渓は、すばやく、虎松を逃がす手配をした。

井伊谷城は小野但馬に奪われても、井伊家累代の縁戚や重臣らはそれぞれの所領にいて、城への出仕はしていない。

井伊谷城から追われたとはいえ、直虎が、虎松をたくせる家臣はまだいたのだ。

「虎松の母、志保の甥、奥山六左衛門にたのんで、この国から、三河の鳳来寺へ逃そう」

南渓がいった。

いまだ二十歳になるかならずの奥山六左衛門だが、その父は、かの桶狭間で、直盛と共に戦死しており、その後、祖父の奥山朝利までが、小野但馬によって討たれたこともあり、かつて井伊家第一の重臣であった奥山家は、今はすでに重臣に名をつらねてはいない。

よって、おそらく、今川の使者も、すぐには気づかないはずだ……と、南渓も、直虎も思った。

だが、使者が明日といったはずの虎松引き渡しを、その夜のうちに迫ってきたのは、やはり、小野但馬であった。

「井伊虎松をお引き渡し願いたい」

新野家、さらに龍潭寺をおとずれ、そういった小野但馬に、直虎はしずかにこたえた。

「虎松は、もう、ここにはおりませぬ」

「悪あがきをなさるな、直虎殿。もはや、井伊家の命運はつきた！」

居丈高に、小野但馬はいった。

「いいえ、このわたしに命ある限り、井伊家は途絶えておらぬ。なにより、但馬！　この龍潭寺は、どのような領国支配からも逃れられる聖域である。そのゆるしは、すでに今川家からもいただいておる。そこへ踏みこむとあらば、この宗派の寺をことごとく、敵となされるお覚悟なのか!?」

直虎は一歩も退かなかった。

戦国の寺や宗派とは、三河で一向一揆があったように、その気になって信徒を動かせば、国一つを踏みつぶすほどの力を秘めている場合もあったのだ。

「ふふ、そのような反逆を、太守、氏真さまは、どう思われましょうな」

小野但馬はあざ笑ったが、それはあきらめたのではなく、虎松が龍潭寺を出る時、あるいは、その先の逃亡先で討つつもりであることはまちがいなかった。

虎松より遅れて、龍潭寺へやって来た直親の妻、志保は、虎松がかくされている松岳院で、しばしの時を過ごした。

「直虎さま。遠くへ落ちのびて、この子は帰ってこられるのでしょうか？」

志保がたずねた。

「かならず」と、直虎はこたえた。

「直虎さま……わたくし、これまで、直虎さまに嫉妬しておりました。直親さまがお心を深くそそがれたのは、直虎さまだけだと思って……。でも、わかりました。直虎さまは、井伊家の総領。なにより、この虎松をまもってくださる方だと」

そういって涙ぐむ志保に、直虎の胸は痛んだ。

(わたしこそ……わたしこそ、あなたに嫉妬していたのだ……)と。

そうはいえずに、直虎は、胸に提げた水晶をにぎりしめた。

「志保さん。虎松は、井伊家の最後の望みです。かならずまもり切って、あなたのもとへお返しします。わたしが、直親とあなたにできることは、虎松に立派になってもらって、井伊家を継いでもらうことです。それまで、わたしは、虎松の後見として、一歩も退かぬつもりです」

直虎のことばに、志保は虎松を抱きしめ、涙をぬぐった。


南渓の手配によって、虎松が、三河の鳳来寺へ逃れるその日。

直虎は、まだ幼く、きゃしゃに見える虎松の背に、そっとてのひらをあてた。

「……直虎公?」

虎松は振り返って、首をかしげた。

「振り向いてはならぬ。目を閉じよ。この手は、父上の手だ。彼岸で、そなたの無事を祈ってお

られる父上に代わって、これからは、わたしが虎松を守る。この命をかけて……これが、その父の手だ。この手を、遠くはなれても、わすれるな」

直虎は、男のように低い声でいった。

「はいっ、父上っ」

虎松が目を伏せたまま、こたえた。

その伏せたまつげに、透き通ったしずくがふくらみ、つーっと流れ落ちた。

だが、直虎はこらえて、幼い虎松を抱きしめはしなかった。

子を抱きしめるのは母の仕事だ……虎松の産みの母、志保の役割である。

それを、わたしが侵してはならない……。

そう思ったのだ。

奥山六左衛門につれられ、虎松が龍潭寺を出た後、それを警護するように続いて出てゆくのは、龍潭寺僧兵の傑山であった。その連れは、なぜか、僧兵の昊天ではなく、山伏である。昊天が山伏に化けているのかと思えば、振り返って礼をしたその男は昊天ではなかった。

「傑山、昊天は？」

直虎は声をかけた。

振り向いた傑山が、「昊天は、他用で出ております。ご安心を！　この常慶がおりますので！」と山伏に目くばせをした。

直虎に会釈した山伏は、ときおり、南渓をたずねてくる山伏であった。

「直虎さま、いずれ、また……」と、意味ありげなあいさつをした山伏は、若いが、目つきの鋭い男である。おそらく、南渓が諸国の情報を得ている者の一人であろう。

この頃の寺社、住職は、戦国武将並みに諸国の情報をあつめねば生き残れなかった。

その情報をもたらす者は、宗門の僧や山伏であることが多かったのだ。

井伊谷城を追われた直虎は、ふたたび龍潭寺で暮らすことになった。

もはや戦う兵力もなく、今川と小野但馬によって、追い出されたとしかいいようがない。

「曽祖父さまや、父上が、必死で守ってきた井伊家の領国を、このわたしが、途絶えさせてしまったのか……！」

そのくやしさは、男ならば、腹を切るべきであったかもしれないが、直虎は踏みとどまった。

直虎の胸には、夢の中で聞いた亀之丞のことばがあったのだ。

（おれは、死なぬ。生きぬくことが、まどか、おまえをまもることだから……おれは、生きぬいて、おまえと、この井伊谷を守りぬく。今のおれにできることはそれだけだとしても、おれはかまわぬ。人を愛しむことの果てなさ……その大きさを教えてくれたのは、まどか、おまえだ……）

耐えて、生きねば……！　虎松と、この井伊谷のために……！

直親の代わりに！

そう思って、直虎は、ただ耐えた。

だが、この時すでに、甲斐、遠江、三河、駿河など東国広域に、戦国の大動乱が始まっていた。

八

徳川家康

永禄十一年（１５６８）十二月六日、松平家康からふたたび名をあらためた徳川家康と、甲斐の武田信玄が密約を結んだ。

武田と徳川で今川領を攻め、境界を定め、分けて盗る。それが、密約であった。

その密約のもと、一万二千の武田軍は、今川領の駿河へ侵攻した。

この時、今川からは、井伊家へも「戦支度をせよ」と命が下ったが、それにこたえて、井伊谷から駿府へ発ったのは、小野但馬など一部の武将と兵だけであった。

井伊家の縁戚、古参の家臣が動かなかったのは、城を追われたとはいえ、彼らの総領は、変わらず井伊直虎であり、今は成長を待つべき直親の嫡男虎松であったからである。

一方、駿府では、今川氏真と重臣ら一万五千の兵が武田を迎撃しようとしたが、これは戦にならなかった。

それは、なんと二十一人もの今川の重臣が信玄に内通し、氏真を裏切っていたからである。

このため、今川の出城はつぎつぎ落とされ、今川軍は戦わずして大敗した。

勢いに乗った武田軍は、十二月十三日に、駿府の今川館まで攻めこんだ。

「綺羅の都」とたたえられ、美々しく豊かな駿府は、またたく間に、武田軍の破壊、強奪に踏み荒らされ、武田が放った火に、焼きつくされてしまった。

戦国の栄華をきわめた綺羅の都は、たった一日で灰燼に帰したのだ。

そのなか、今川氏真は、朝比奈泰朝をたよって、遠江国の掛川城へ落ちのびたが、さらに、この武田軍に呼応して、同時にはじまったのが、徳川家康の遠江国侵攻であった。


「直虎さま。わたくしは、直親さまのご遺志を継いで、この遠江へ侵攻をなさる三河殿、家康公の兵団のご案内をつとめようと思います」

遠江国に、家康軍が迫るなか、龍潭寺の直虎にそう告げてきたのは、鈴木重時であった。

鈴木重時は、直盛時代からの家臣であり、その妻は、やはり奥山朝利の娘であり、亡くなった直親の母（直満の妻）は、鈴木家の娘であった。そういう縁戚にもある鈴木重時は、井伊家や直親に、深く心をよせる者でもあった。

「案内？　この遠江に攻め寄せるという徳川を案内するというのか⁉」

直虎はおどろいてたずねた。

「はい。これまでの井伊家への今川の仕打ちは、決して忘れるものではありません。ならば、今こそ、今川の支配をまぬがれる絶好の機会です。徳川さまは、遠江から今川を去らせるのみで、井伊谷の領民には、決して危害を加えないと約束されております。よって、鈴木重時、近藤康用、菅沼忠久の三名、徳川さまにお味方して、この遠江の山谷をぬけるご案内をいたそうと決めました！」

鈴木重時のことばに、直虎は、直親が、従妹の瀬名姫を通じて家康に会い、その人柄を慕っていたことを思い出した。

「ならば、わたしも会おう。その徳川家康公に。おのれの目で、どういう人物か、たしかめたい！」

直虎がいった。


家康軍兵八千が、井伊谷三人衆と呼ばれる鈴木重時、近藤康用、菅沼忠久に案内されて遠江へ入ったと聞いた直虎は、わずかな家臣と共に、鎧具足の戦支度に身をかため、騎乗して、奥山の方広寺へ向かった。

深奥山方広寺は、広大な敷地と堂塔伽藍が建ちならぶ大寺院である。

家康軍八千の兵は、この方広寺を宿所として、まさに井伊谷城攻めに出陣する前夜であった。

たずねてきた直虎に、家康は「ほう……」と目をみはった。

「井伊家の総領は、尼の君だとお聞きしていたが、見れば、ごりっぱな若武者ぶりだ」

陣内の将几（戦陣における武人の椅子）に座した家康はにこやかにいった。

まだ若かろうに、歳のわりに猛々しさがなく、小柄でまろやかに見える家康に、直虎は平伏した。

「おたずねいたします。家康公は、井伊谷の領民には決して危害を加えないとお約束くだされたと、鈴木重時より聞かされております。まことでございましょうか？」

臣下の礼はとっているが、直虎の目はまっすぐに家康を見つめていった。

それは、もし嘘ならば、たった今刺し違えても、家康の遠江進撃をとめてみせよう……とでも思っていそうな、まっすぐな瞳であった。

「ほう、その目、井伊直親殿に似ておりますな。あの方も、そういう目で、わしを見て問われた。『家康公は、井伊の敵か？　それとも、お仕えすべきお方なのか？』とな。まっすぐに問いかけてくるは、井伊家代々のお人柄らしい」

家康のまろやかな目がさらに細くなった。

「直親が？　直親は、やはり、家康公にお味方すると申しましたか？」

直虎が問うと、家康はさらに笑顔になって、背後に控えていた若い山伏を振り返った。

「この者は、松下常慶である。これが、直親殿にも、情報を伝えていたわしの家臣でな。遠江の情報にくわしく、直親殿もよく知っている」

その山伏の顔を見て、直虎はハッと気づいた。

それは、南渓が情報を得るために親しくしている山伏であった。虎松を逃がす時、龍潭寺の傑山と護衛の供をしてくれた、あの常慶であった。

「直虎さま、いずれ、また……」といったあのことばは、こういうことであったのか……と、直虎は気づいた。

戦国の間者、密偵は、自由に諸国をさぐるため、常慶は徳川の家臣であっても、南渓や直親から遠江の情報を得る代わりに、また南渓への情報もとどけていたのであろう。

「常慶、生前の直親殿は、どうおおせであった？」

家康がたずねた。

「はっ。直親さまは、『井伊家の次郎観音に発願（願いをかけること）いたします』とおおせになりました」

松下常慶がこたえた。

「え……!?」

直虎は、常慶と家康を、交互に見つめた。

「そうであったのう。次郎観音……たしかにそう申されたと聞いたが、あの時は、龍潭寺の仏にでも発願するのかと思った。が、今考えてみれば、直虎殿、あなたのことであったのだな、あの次郎観音とは……！　たとえ、夫婦となっても、人の心は、なかなか結ばれぬものだが、直虎殿、あなたと直親殿は、一心同体であられたようだ」

そういった家康のことばに、直虎はこたえることができなかった。

直虎が知らなかった直親の思いが胸に迫ってきて、常慶と家康を前に、涙があふれそうだった。

「わしも、今、直虎殿を見てわかった。直親殿は、あなたと共に歩む井伊家を考えておられたのであろう。……さて、次郎法師と名づけられたまれなる姫、直虎殿、あなたも、この家康をたしかめるために、はるばる、方広寺までお出ましになったということであろう？」

家康が直虎に問うた。

「はい……！」

威儀をただし、直虎はこたえた。

「井伊谷の城は、今川と小野但馬に奪われ、直親はじめ、井伊代々の総領はつぎつぎ殺されました。今の井伊家には、わたしのような者しか残っておりません。ですが、この井伊谷の領民をまもるのは、五百年あまりも、この地の領民に支えられてきた井伊家領主としての大きな役目。それだけは果たさねば、この直虎、直親や、祖先の霊に顔向けができませぬ！」

そういった直虎に、家康はうなずいた。

「うむ、よくわかるぞ。……わしものう、幼い頃より人質となって育った身だが、かつて人質としてとらわれた織田家において、信長公と心を通わせて過ごしたゆえ、今がある。領主、家臣、民といえども、しょせんは、人と人。互いに心を通わせれば、世は安泰となるのであろう。

直虎殿、わしは、世の安泰を目指し戦っておる。徳川の覇権は、破壊にあらず。ゆえなき危害を井伊谷の民に加えるものではない」

そのことばを、直虎は信じた。

十二月になって、家康軍八千の兵は、井伊谷三人衆と共に、小野但馬が城代をつとめる井伊谷城を攻めた。

だが、城は、すでにもぬけのからで、家康を恐れた小野但馬は、すばやく三岳の山中へ逃げかくれたようであった。よって、城は焼かれもせず、井伊谷三人衆の手に落ちた。

いともやすやすと、井伊谷城を落とした家康軍は、さらに、飯尾豊前守連龍亡き後、その妻が守る引馬城をも攻め落としたという。

「飯尾連龍の妻は、女ながら鎧甲冑に身をかため、善戦したというが、そこまでであったようだ」

燈明をあげながらいったのは、南渓であった。

井伊直平を毒殺したのが、飯尾連龍の妻だったとしても、生者必滅盛者必衰のことわりからは、だれも逃れられないということか……と、直虎も、南渓のとなりで、ただ手を合わせた。

徳川軍は、井伊谷城、引馬城を落とし、怒涛のように、今川氏真がひそむ掛川城へ向かった。

だが、掛川城の朝比奈は手強く、家康は攻めあぐねて、出直すために、遠江国の遠津淡海（浜名湖）の北、気賀と呼ばれるあたりを通った。

ところが、ここにまだ、今川方の勢力が残っていたのだ。

佐久城の浜名氏、堀江城の大沢氏、そして、気賀の地侍や領民ら、さらに、築城されたばかりの堀川城は、遠津淡海を背にして都田川の水を引き、潮が満つると天然の堀となって、そびえていた。その堀川城の城主が、新田喜斎と名を改めた瀬戸方久であった。

気賀を通りかかった徳川軍に襲いかかったのは、この堀川城にあつまった気賀の人々であった。

だが、戦慣れした家康は、雑兵に変装してすばやく逃れ、その後、手向かいする者は容赦せずとして、ふたたび大挙して攻め寄せた。

十二日、堀川城の堀が干潮となる時刻をねらって、三千の将兵の徳川軍は、堀川城を総攻撃。

この攻撃によって、ほとんど農民ばかりだった堀川城の城兵、男女およそ千人が討たれ、戦闘は、たった一日でかたがついてしまった。

この気賀あたりの村人の数はおよそ三千人であったのに、たった一日で、千人もの村人が殺されてしまった上に、後日、さらに七百人もが処刑された。

これは、今川と徳川の国盗り合戦というより、今川方の地侍や領民が中心となった戦で、気賀一揆と呼ばれた。


しかし、多くの気賀の人々が犠牲となったこの落城で、堀江城なども和睦。

掛川城の朝比奈も和睦を選んで、今川氏真は、掛川城から、海路、小田原に脱出。今川の同盟国で、氏真の妻の実家である相模の北条氏政をたよって落ちた。

ここに、井伊家を苦しめ続けた駿河殿、今川家は滅んで、徳川家康がついに遠江を制圧したのだ。


だが、この気賀一揆で、直虎がもっとも恐れていたことが起こったことになる。

井伊谷の龍潭寺では、気賀の人々の弔いが行われ、亡くなったのは、武将より農民が多かったことに、直虎は衝撃をうけた。

「南渓さま、戦とは、なんとむごいものなのか！　徳川軍は、田や畑を荒らさず、火で焼くこともなかったのに……！」

手向かいせぬ者には、危害を加えないと約束した家康は、その約束を守った。

だが、手向かいした農民は、決してゆるさなかった。

堀川城でとらわれた男女は、みな首を斬られ、その首は、小川に沿った道に延々とさらされ、その場所は「獄門畷」と名づけられたという。

そして、この堀江城、堀川城の戦いに出陣した井伊谷三人衆の一人、鈴木重時も戦死した。

「鈴木も無念であったろうが、武将ならば、戦死も覚悟であろう。しかし、農民は、気賀の豪族や武将によってあつめられた者が多い。もともと戦好きな農民など、わたしは会ったことがない！　それなのに……」

直虎は胸を痛めた。

だが、金の力で、堀川城の城主となっていた瀬戸方久こと新田喜斎は、城から逃れたという。

「武将、城主にあこがれておった方久めは、やはり、根っからの商人よ。今川といい、徳川といい、時の支配者を、飛び石のように渡り歩いて、生きのびたようじゃ。まあ、弔いが一つ増えるよりは、それもよかろうよ」

南渓があきれたようにいった。

そして、三岳の山中へ行方をくらましていた小野但馬と息子二人が、井伊谷三人衆の菅沼忠久の手の者によって捕らえられた。

四月七日に処刑されると知って、直虎は、牢に囚われた小野但馬に会いに行った。

「但馬……！」

暗い牢内に、頬がそげた小野但馬がいた。

「おお、直虎さま」

但馬は、おちくぼんだ目をかがやかせた。

井伊谷城を奪って、居丈高になっていた小野但馬とは別人のようであった。

「なにか、いいのこすことはあるか？」

そんなことをいうつもりはなかったのに、つい、そのことばが出た。

直虎に聞いてやれるのは、それぐらいであったのだ。

「なにもございません。わたしは、今川から目付家老を任じられた者として、やるべきことをやったのみ。後悔もございませぬ。ただ……」

但馬がいいよどんだので、直虎は牢格子に近づいた。

「ただ……なんだ？」

「ただ、幸いであったと思うのは、直虎さまが女であったこと。女城主なればこそ、今川の目付家老のわたしであっても、そのお命までおとしいれようとは思いませなんだ。女にこそあれ、次郎法師直虎さま……この但馬、井伊家の末永き存続をお祈りいたしまする」

そういって、但馬は平伏した。

それは、かつて、夫になったかもしれない青年、小野政次のにこやかな笑顔を思い出させた。

「但馬、おまえは、わたしの許婚であった亀之丞を奪った。わたしは、亀に、こうして別れをいうこともできなかった。そのうらみをいおうと思って、ここに来たんだ。だが、やめた。気がついたんだ、おまえを見て……」

直虎のことばに、但馬は顔を上げた。

「気がつかれた？　なにに？」

「おまえを山賊呼ばわりしたことがあった

な？　だが、亀が殺されるまでは……わたしは、おまえをきらいではなかったと、気がついた」

そういった直虎に、但馬は微笑んで平伏した。

「なによりも、死出の旅路のみやげでございます」


永禄十二年（1569）四月七日、徳川家康の命で、小野但馬は、井伊家の処刑場、井伊谷川の蟹淵で首をはねられた後、首と胴をつないで、さらに獄門磔とされた。

その罪状は、井伊直親をおとしいれた讒言の罪であった。

五月七日には、但馬の幼かった息子二人までも処刑された。

その弔いも、南渓によっておこなわれたが、まだ罪なき幼き息子二人の法名を、南渓は、「幼泡童子」「幼手童子」とさずけ、罪人である但馬には、美々しい法名ではないが、「南江玄策沙弥」とさずけた。


その後、徳川家康は、織田信長と共に、浅井長政との戦にも勝利し、三河国の岡崎城を嫡男、信康にゆずって、引馬に新しい城を築き、浜松城と名づけ、その城主となった。

九

紅にじむ

ようやくおだやかになるかに見えた元亀三年（1572）の十月、甲斐の武田軍三万もの兵が、遠江へ侵攻してきた。

かつて、今川領を手中にした時、大井川をさかいにして、東の駿河国を武田領、西の遠江国を徳川領とする密約を結んでいた武田信玄が、一方的にそれを破棄し、家康と信長に、戦いをいどんできたのだ。

この戦いは、織田信長と対立した将軍、足利義昭が、朝倉義景、浅井長政、石山本願寺ら反織田勢力と共に、信長包囲網をくわだてたことからはじまったものであった。

これに、武田も加わり、この時、挙兵した。

その武田の攻撃をもろにうけたのが、三河、遠江を領する家康であった。

家康は、信長に援軍をたのんだが、この時、信長は、反織田勢力の包囲網にかこまれて、充分な援軍を家康に送ることができなかった。

そのため、家康は、無敵とうたわれた武田軍と、孤軍、戦わねばならなくなった。

遠江に破竹の勢いで侵攻してきた武田軍と戦うため、徳川軍はまず、動向をさぐる偵察隊を出した。

ところが、この偵察隊が、まさに武田軍そのものと遭遇して、あっけなく敗走する。

ようやく、信長の援軍が送られてきた時には、なぜか、武田軍は浜松城を素通りし、三方ヶ原へ向かった。

援軍として送られてきた織田の諸将は家康に籠城をすすめたが、家康は、去るかに見えた武田軍を三方ヶ原まで追撃した。

だが、これは、武田のしかけた罠であった。

同日夕刻、三方ヶ原へ入った家康軍をむかえたのは、武田軍二万余であった。

将兵一万数千、兵力がおとる家康軍は、わずか一時ほどの戦闘で、二千人もの死傷者を出して、敗走する。

家康は、影武者（身代わり）の家臣に救われて、命からがら、浜松城へ逃げ帰った。

武田勢は浜松城まで追撃したが、浜松城にいたって、ようやく家康は開き直り、「空城の計」をもちいた。空城の計とは、戦国武将の多くが知っていた中国の兵法であった。

家康は、あえて、その空城の計を家臣に命じた。

「城門は開けておいて、遅れて逃げ帰る友軍の者を入れよ。もし、敵が近寄ってきても、城門が開いているのを見れば、何か罠があるかもしれぬとためらうであろう。門外には、大かがり火を焚かせて、敵が近づけば、大太鼓を打て」と。

空城の計は、あえて、おのが陣地に敵をまねき入れ、敵の警戒心をさそう計略であった。

武田の将は、むろん、古来の兵法としての空城の計を知っていた。

知っていたからこそ、さらなる罠を警戒して、城を攻撃せず、軍を引き上げた。

だが、翌年一月七日の明け方のことであった。

龍潭寺にいた直虎は、地の底からひびきわたるような地響きに目覚めた。

数千、いや、数万か、将兵の甲冑の鳴る音、地表をたたきけずる馬蹄のひびきであった。

「直虎さまっ、早く、お逃げくださいっ」

駆けこんできた昊天がさけんだ。

「な、何事だっ!?」

「武田の軍勢ですっ。こちらへ向かっております！　しかも、火の手がっ！」

襖越しにそういったのは、龍潭寺の僧ではない、山伏であった。

見れば、家康の間者をつとめているはずの松下常慶その人であった。

「なにっ、武田は火を放っておるのかっ!?」

直虎は飛び起き、龍潭寺の園庭へ出た。

園庭は、寺の仏や宝物をはこびだす僧らが、必死の形相で駆けまわっていた。

「はこびだすのは御仏だけでよいっ。あとはあきらめよっ。それより、里人をすくえっ。山へ逃げよと伝えよっ」

そう叫んでいるのは、南渓である。

「母上も、早くっ」

直虎が龍潭寺の山門そばの松岳院へ駆けこもうとした時であった。

門前を駆け抜ける赤い旋風を目にした。

赤地に白の武田菱を染めぬいた旗が、風にはためき大きく鳴って、ほら貝が地鳴りと共にひびいてくる。

駆け抜ける騎馬は、甲冑から馬具、槍や刀の鞘までもあざやかな紅の武田勢である。

その一瞬、行き過ぎる紅の騎馬隊の速さに、直虎の目には、まだその紅がにじんで流れるごとくに見えた。

紅の疾走の背後から、黒き将兵、徒歩組が、怒涛のように押し寄せるのを見て、龍潭寺の傑山が母祐椿尼をかついであらわれ、「お山へっ」と叫んだ。

ハッとして、直虎は山へ向かった。

どれぐらい山を駆けたか、息苦しくて立ち止まり、山上から、逃げてきた龍潭寺を振り返った。

と、遠く向こうを、赤き槍の穂先のごとく、武田の赤備え隊が突き進んでいく。

その後につづく黒き巨大な怒涛は、徒歩組であろう。

なぎたおされていく民家、田畑、寺社仏閣……。

なんの手心もくわえず、どの家も建物も襲撃され、略奪されて、さらに火を放たれた。

その火を放つのは、武田軍のしんがりであろうか。

みるみる井伊谷は、紅蓮の炎になめつくされた。

「あれが、武田の戦い方か……！」

直虎は、ぼうぜんと、紅蓮に燃え立つ井伊谷を見つめた。

この戦いで、亡き井伊直満の屋敷跡にある円通寺も焼け、龍潭寺の山門、堂塔も焼失して、井伊谷城の井伊谷三人衆（鈴木重時はすでに戦死。その息子の鈴木重好、近藤康用、菅沼忠久）も、家康の浜松城へ逃れるしかなかった。

「天地は、武田の掌中に、にぎりつぶされるっ！」

直虎はそう思った。

だが、三河国へ猛進していた武田軍は、とつぜん撤退したのだ。

「いったい、なぜでございましょう？」

直虎は、焼失した龍潭寺にぼうぜんとたたずんで、南渓にたずねた。

家康軍をこっぱみじんにした武田信玄の全軍は、総勢三万にもなるという。その軍勢が、なぜ、今、この時になって、とつぜん、退いたのか……と。

井伊谷が焼き討ちにあって、長く静かな聖域であった龍潭寺も、今は黒く焦げ落ち、焼け跡の匂いが強くただよう。

本堂も塔も焼け落ち、助かったのは、直虎の母、祐椿尼の住まう松岳院と山へはこんだ御仏のみ。宝物も、寺も、守れなかった。

若き小野但馬が駿府からはこんでくれた瀬名姫の青い打ち掛けも、僧庵においていたが、それも燃えつき、その形骸さえ残らなかった。

だが、武田軍が占領して使用していたため、井伊谷城は、焼かれなかった。

「天の意思であろうよ。井伊谷城は残り、寺は焼失した。その戦を指揮した信玄公も神ではない、人だ。人は、天の意思にはさからえぬ。武田軍がふいに撤退したのは、おそらく、信玄公に何かあったのだ。そうでなければ、天下へも手のとどきそうであったこの戦を捨て、退くなど考えられぬ」

南渓のことばに、直虎は、紅い旋風のごとく駆け抜けていった武田の赤備え隊を思った。

彼らが通り過ぎた後は、あの紅の色がにじんだごとく、いつまでも目に焼きついていた。

風林火山と呼ばれた武田のあの旗印も浮かんだ。

「疾如風、徐如林、侵掠如火、不動如山」

疾きこと風のごとく、徐かなること林のごとく、侵掠すること火のごとく、動かざること山のごとし、それが武田軍であった。

無敵とは、あのことであろう。

もはや、織田も徳川も蹴散らされ、緑なす井伊谷は火の海となった。

今川の綺羅の都、駿府の町が、あっけなく燃えつきたのも、おそらく、こうだったのだろう。

（天の意思……！）

直虎は、空をあおいだ。

だが、この戦に……天の意思がはたらいているなら、もしや……と。

武田軍のとつぜんの撤退には、家康も信長も、信玄の病か、死かとうたがい、情報をさぐっていた。

そして、ついに、甲斐の虎とも呼ばれた猛将、武田信玄が病死したことをつきとめたのだ。

まだ焼け跡は目立つが、井伊谷にしずけさがもどった頃、直親の十三回忌がおこなわれた。

その忌日に、鳳来寺にかくまわれていた虎松が、ようやく再建されはじめた龍潭寺へもどってきた。

虎松十四歳、そろそろ元服の歳であった。

「父上。虎松、ただ今、もどりました！」

龍潭寺の直虎に、礼儀正しくあいさつした虎松は、りりしい少年となって、ますます亀之丞に似ていた。

「よくもどった。待っていました」

直虎はそういいつつ、「父上」と呼ばれたことに、胸がいっぱいになった。

虎松は、かたちの上では、井伊家総領を継ぐため、直虎の養子となっているのだが、むろん、実母は、志保である。

だからこそ、そなたの父になろうと、虎松にいったのは、虎松が鳳来寺へ旅立つ日であった。

虎松は、それを覚えていたのだ。

その志保も、この日は、龍潭寺の直親の位牌に手を合わせていた。

「虎松、おかえりなさい。大きくなったこと！」

その胸に、虎松を抱きしめる志保を、直虎はうらやましく見つめた。

(長くはなれていようと、とまどいもなく、抱きしめることができる……それが、血のつながった母子だ……！)と。

そう思えば、一度も夫を持たぬまま、ここまで来てしまったおのれがむなしくもあった。

「この子を、もう鳳来寺に帰したくありません！」

この日、志保がいった。

「……うむ、わしも、それについては考えておった」

そうこたえたのは、南渓であった。

「どのようにお考えだったのでしょう？」

直虎はたずねた。

「うむ、直虎も知っていよう。この龍潭寺には、これまでも、刻々と変わる三河、遠江などの情報を伝えてくれる者がいたことを……」

そういわれて、浮かんだ顔は、若い山伏の顔であった。

家康のそばにひかえていたあの山伏は、武田の井伊谷侵攻も、この龍潭寺に報せてくれた。

もし、あの山伏が報せてくれなければ、直虎は逃げ遅れていたかもしれない。

「それは、家康公の偵察方でもある松下常慶でございましょうか？」

直虎はたずねた。

「そうだ。だが、あれには、兄がおる。松下源太郎といい、早くに妻をうしなって独り身だ。その源太郎に虎松の後見になってもらいたい。そのために、志保殿、あなたは、松下源太郎のもとへ再嫁なさるお覚悟がございましょうか？」

南渓は、志保を振り返った。

「再嫁する？　わたくしに、ふたたび嫁に行けとおおせですか？　南渓さま」

志保が聞き返した。

「さよう。それが一番、今後の虎松をまもることになりましょう」

南渓がいうのに、直虎はハッと気づいた。

「では、南渓さまは、虎松を、家康公にあずけよと、おっしゃるのですか⁉」

そういってすぐ、直虎は、南渓の考えを理解した。

家康の間者でもある松下常慶は、もっとも家康のそば近くにいて、しかも、兄の松下源太郎も家康の家臣であった。もし、志保と共に、虎松が松下家に入れば、虎松も家康公に近づくことができる！

「それは、よい考えです。このままでは、井伊家は今後どうなるかもしれませんが、家康公にお仕えするようになれば、虎松の身を案じることもなくなります」

直虎の母、祐椿尼もいった。

「わたくしが、松下家へ嫁ぎましたら、それが、うまくいくとおおせですか？」

志保は、祐椿尼にひざをよせた。

「虎松を、家康公にお目通りさせる方法は、わたしが考えます。虎松の後見として、かならず、虎松の立身を支えます」

直虎がいい、祐椿尼もうなずいた。

この時、志保は、松下源太郎のもとへ再嫁することを決意した。

直虎もそれをすすめたのは、虎松のことだけでなく、まだ若い志保を思ってのことでもあった。

あの松下常慶の兄であれば、おそらく、よい人柄の武将であろうと思えたからだ。

(わたしは次郎法師。男だから独り身でいい。だが、志保さんにだけは、もう一度、幸せになってもらいたい……直親のためにも!)

直虎もまた決意していた。

(わたしは、直親の代わりに、ふたたび虎松の父となって、虎松をまもる!)


こうして、虎松は母と共に、松下家に入って、りっぱな武将となるための学門と武術の修業をつづけた。

そして、松下源太郎、常慶の兄弟の尽力で、十五歳になった時、虎松は、いよいよ家康に対面することとなった。

天正三年(1575)の二月、徳川家康は、三方ヶ原の鷹狩りに出た。

快晴であった。

三方ヶ原の東、大菩薩嶺のふもとを、空を舞う鷹にみちびかれ、騎乗した家康一行は、ゆったりと駆けていた。

三年前、この三方ヶ原で、武田軍に大敗北し、命からがら浜松城へ逃げ帰ったことを思っているのか、家康は遠くゆるやかな野面を眺めつついった。

「戦がおさまれば、野面の景色はこうも変わるのか。風は、春の香りがするようだのう……」

二月とはいえ、野面は、やわらかな草が萌え、遠くには、春霞が立っている。

その騎馬の一行が近づいてくるのに、大菩薩嶺のふもとにある陣屋にひかえていた虎松は、やや緊張して大きく息をつき、「今日は、父上が共にいて下さるから……」と、つぶやいた。

直虎と祐椿尼が仕立て直した直親の直垂を身につけていることをいうのか、そばにいてくれる直虎のことをいうのか……。

「母上の志保殿はおいでになれないが、わたしが直親の代わりだ」

この日は、尼僧姿の直虎が、虎松にいった。

「はいっ」

きりりと一文字の眉を上げてこたえる虎松は、こうして見れば、そこに亀之丞がいるような気がする。その虎松の背後にひかえているのは、今は亡き小野玄蕃の一子、亥之助であった。

亥之助の母もまた、奥山家の娘であったので、亥之助は、虎松の一歳年上の従兄となる。

玄蕃は、あの小野但馬の弟であったが、兄とはちがって武闘派の武将であった。桶狭間の戦いで直盛と共に討ち死にしたのだが、それまでは、直親の家老でもあった。

なので、亥之助は、大きくなったら、虎松の家臣になると、幼い頃からいっていた少年である。

おそらく、こたびも虎松の家臣として、ここへひかえているのであろう。

「参られたようだ」といったのは、松下源太郎である。

見れば、松下常慶を供に、騎馬の一行が、近づいてきた。

「殿、しばしお休みくだされ」

そういった常慶が、馬を下りた家康を案内してきた。

「殿、ここに、お目通りを願う者がございます」源太郎が平伏して告げた。

「ほう」と、家康は陣屋に用意された将几に座し、虎松より、直虎を見た。

「はて、どこぞでお目にかかったかの？」

家康がたずねた。

かつて、方広寺の陣内で会った時には、直虎は甲冑をつけ、若武者のごとき姿であったが、今は尼僧姿であったので、同じ人間とは気づかないが、なにか見覚えがあるように家康はいった。

「井伊直盛の娘、次郎法師直虎でございまする。また、こちらにひかえますのは、井伊直親の一子、虎松。わたしは、直親に代わって、ここにおります」

直虎がこたえると、家康は「おお」と手を打ち、草の上に平伏した直虎と虎松に、「そのようになさらず、さあ、こちらへ」と、将几を二つはこばせてすすめた。

「では、直虎殿は、このお子の父親代わりとしてここにおいでになったのか？　さもあらん。方広寺においての直虎殿の若武者ぶり、あれは忘れぬ。尼僧姿にもどられたとは、残念な……！」

家康が笑った。

家康には、戦国武将の持つ獣のような威風、するどさがない。以前見た通り、まろやかで小柄である。

直虎はふと、この家康を弟のように思っているという織田信長のことに思い至った。

(信長公は、火のように激しい気性だという。だからこそ、この人のまろやかさを愛でているのかもしれぬ……!)と。

「井伊直親殿はお気の毒であったが、このお子は直虎殿の後見で、このように成長されたか。……さて、虎松と申されるか。なにやら、我が息子の信康に似ておるような……」

家康が虎松の顔をながめていった。

「虎松の父、直親と、家康公のご正室瀬名姫さまは、井伊家につながる従兄妹にあたりますゆえ、虎松と信康さまは、又従兄弟にあたります。おそれおおいことですが、信康さまには、井伊家の血があらわれておるのかもしれませぬ」

直虎がいうと、家康は機嫌よくうなずいた。

「いかにも、そうであろう。信康は、このわしに似ぬ美丈夫での。あれは、井伊家の血であったか、なるほど……しかし、虎松。そこな者は家臣か？　その者も、やや、そちに似ているようだが」

家康がたずねたのは、亥之助のことであった。

「はい。亥之助と申します！　亥之助とは、母方の血がつながっております」

虎松がこたえると、家康は笑って、「なるほど。ならば、二人で、わしに仕えるか？」といった。

「ははーあっ」

虎松と亥之助が、まるで呼吸をそろえたように平伏した。

家康は「よしよし」と笑った。

その夜、鷹狩りから浜松城へ帰った家康は、家臣一同の前で、虎松を三百石で召し抱えるといい、「この者は、わがために命を落とせし井伊直親の一子。報いてやらねばならぬ」といった。

そして、家康は虎松に新たな名をあたえ、井伊万千代と名づけた。

養父の姓である松下ではなく、井伊を名乗らせたのは、家康の直親への思いであったかもしれない。

さらに、共に家康に仕えた亥之助は、小野万福と名づけられ、二人はそろって、家康のお側仕えの小姓となった。

幼き頃に父を亡くした二人は、りっぱに、小野家、井伊家を継いだこととなる。

ことに、幼い頃から故郷、親もとをはなれて育った虎松は、家康へひたすら忠誠にはげみ、敬って、勇敢な家臣になろうとつとめた。

つづく戦の中、織田、徳川勢は「長篠の戦い」で武田勢に圧勝して、信玄亡き武田勢は、多くの武将、騎馬隊を失う大敗となった。

この時、家康と瀬名姫の嫡男、信康は、弱冠十七歳で初陣し、勇猛果敢な若殿とたたえられ、いくたびもめざましい活躍をしたという。

そして、翌年二月、この信康の又従弟にあたる井伊万千代は、遠州へ侵入してきた武田勢との「芝原の戦い」が初陣となり、先鋒軍として十数回も出撃して、がむしゃらに突撃する騎馬武者として敵を蹴散らした。

また、家康の寝所に忍びこんだ武田の刺客を討ち取ったので、それをよろこんだ家康は、万千代の知行三百石を、一気に三千石に増やした。

共に井伊家の血を引いた若者、信康、万千代の大活躍は、龍潭寺に住まう南渓や直虎の耳にも入って、直虎の血も沸き立つようであった。

こうして、織田と徳川の連合軍は、信長包囲網といわれたさまざまな敵をつぎつぎ打ちたおしていった。

十

瀬名姫

これで、ひとまず安心と思った天正六年（１５７８）、七月十五日。

雷雨の空の下、直虎の母、祐椿尼が亡くなった。

父、直盛も桶狭間の雷雨のなか、猛将として死んだが、父とはちがって、静かな暮らしをしていた母が、まるで、そういう日を選んだかのように逝ったのは、直虎にはわからぬ夫婦のきずなというものであったのかもしれない。

法名は、「松岳院殿壽窓祐椿大姉」。

父も母も亡くなった寂しさは、亡くしたその日ではなく、その日が遠のきつつある頃に遅れてやって来る。もうなにをしようが、直虎を気にかけて、叱ってくれる父も母もこの世にないという寂しさ、孤独感もきわまった天正七年（１５７９）のことであった。

織田信長と徳川家康の間に、これまでにない亀裂がはしった。

瀬名姫の息子であり、家康の嫡男、信康と結ばれていた信長の娘の徳姫が、姑となる瀬名姫について、信長に訴えたというのだ。

今は、築山殿と呼ばれている瀬名姫と、徳姫の夫の信康が、武田信玄の嫡男、武田勝頼に内通した。また瀬名姫が、武田方の者と、あってはならぬ関係を結んだなど、真実とは思えないような訴えであったので、信長は、信康の家臣に、事の真実をたずねた。

だが、その家臣は、信康と対立していたために、それについては、みとめるかのように応じた。

信長は家康に向かって、「事の真実をあきらかにせよ」と告げたのだが、それは、家康にとって、瀬名姫と信康を処断せよと、聞こえたかもしれない。

家康にとって、信長は、だれよりも恐ろしいが、だれよりも頼りになる義兄のような存在であったのだろう。

家康は、やむなく、信康を幽閉した。

瀬名姫はどうなったのか……？

直虎は気が気でない日々を過ごした。

思い浮かぶのは、気賀の堀川城攻めで見せた家康のあの残忍性であった。

家康にさからった気賀の人々は、女も子どももゆるされず、すべて首をはねられたではないか！

（いや、あのまろやかな家康公が、おのれの妻や子を殺すなど……ありえぬ！）とも思った。

だが、瀬名姫は、もともと敵将であった今川の姫である。

本来なら今川の姫を妻にもらうことで、巨大な今川の後見を手にするはずであった。

だが、その今川は滅亡した。

戦国のむごさは、妻も子も政略の道具でしかないということだった。

あの家康自身、父に捨てられ、今川の人質となって、親に代わる後見を得るため、瀬名姫を妻にしたのだ。

その家康が今川を裏切って、織田についたと知った今川氏真は、迷うことなく、瀬名姫の両親を殺した。

だが、一度は今川についた家康を、織田信長は受け入れた。

もしや、敵から敵へ奪われ、もてあそばれるような人質であった家康は、織田家で、信長という、兄のような存在と出会ったのかもしれない。

その縁が今もつづいているとしたら……！　と、考えて、よみがえったのは、徳川軍の遠江攻めの折、方広寺の陣屋で聞いた家康のことばであった。

（……たとえ、夫婦となっても、人の心は、なかなか結ばれぬものだが、直虎殿、あなたと直親殿は、一心同体であられたようだ）

あのことばこそ、妻とした瀬名姫との間には、政略しかなかったといっていたのではないだろうか？

そしてもし、織田家で出会った少年の信長と、幼かった家康の間に結ばれたのが、兄と弟のようなきずなであったとしたら……？

親にも捨てられ、人質となった幼い家康のただ一人の義兄、信長が、今、怒っている……!?

「ああ、瀬名姫さま……っ」

信長の娘の徳姫が、どのようなことを信長にいったのか……？

聞こえてくるうわさは、男子を産めぬ徳姫にいらだった瀬名姫が、信康に、側室をすすめたというものだ。

直虎の母のように、嫡男を産めず、悩みつづける徳姫を見捨てるように、瀬名姫が、別の妻を用意したということらしい。

そこまで考えて、直虎は、井伊家の直満、直義、直親について、「謀反の兆しあり」と今川に伝え、その命を奪った小野和泉、小野但馬親子の顔が浮かんだ。

あれは、まぎれもなく讒言だった……！

とすれば、徳姫もまた、姑として気にいらないことをする瀬名姫と、母親のいうままに側室を持とうとする夫、信康を、信長に、讒言したのではないか!?

(なんということ! その讒言一つで失われる命を、わたしはなんど見てきたか……!)

そう思えば、悲劇が繰り返されないよう祈るばかりであった。

家康が、今川のように、瀬名姫と信康の命を、かるくあつかわないように……と。


だが、悲報は、南渓からもたらされた。

八月二十九日、瀬名姫は家康の家臣に殺害され、九月十五日には、信康が切腹させられたという。

「瀬名姫さまが殺され、虎松に似ているという信康公まで……! われらは、まちがっていたのか? あの家康公に、虎松をあずけてしまって、本当によかったのだろうか……南渓さまっ」

直虎は、南渓に、そう問うしかなかった。

「直虎、これが戦国じゃ。むごい、人でなしの世が、まさに戦国なのじゃ。何が正しいか、まちがっていたか、それは、だれも、死をむかえるその時にしかわからぬのかもしれぬ。わからぬことを思いわずらっても仕方あるまい。この末世を生きぬく法は、正しさではない。正しいがゆえに、死ぬることもある」

かつて、青くきよらかだった南渓の頭は、今は青さを失い、おこもりなどで、剃髪がやや伸びると、その頭は、銀粉のごとくきらめいて見えた。

（その分、わたしも年をとったのだ……）と、思いつつ、直虎はさらに問うた。

「正しさでないなら、では、なにを胸に刻みつけ、生きればよいのですか？」

「それはのう、人をよく観ることじゃ。よくよく観て、敬えると信ずるなら、おのれを捨て、敬いつくすことじゃ。井伊家は、長く今川に支配されたが、今川を敬ったことも、おのれを捨てたこともない。とうぜんじゃ。井伊家にとって、今川は、信じ、敬える支配者ではなかったからの。だが、もし、虎松が家康公を信じ敬うならば、決して、悪いことは起こるまい。おのれを信じる者、敬って慕ってくる者を殺せる支配者はおらぬものよ。信長公が、いっとき、今川方であった家康公をゆるされたのは、そういうことじゃ。もし、織田、徳川の協定が、いっときの方便のみならば、いつかは破れるじゃろう。瀬名姫と信康は、家康公の妻であり子ではあったが、あの母子が信じるものは、家康公ではなかったのかもしれぬでの……。それが血縁であったことが、いたましく不幸じゃったが……」

南渓がいうのを、直虎はすなおに聞けなかった。

「でも、どんなあやまちがあったとしても、妻や子を殺すなど……！」

いいつのった直虎に、南渓はうなずいた。

「まことにそうじゃ。ただの……先日、松下常慶が報せてくれた。瀬名姫を生害するように命じられた家臣が、命令通りに従ったと報告した時に、家康公は、こうつぶやかれたそうだ。『わしの命を、そちはそう聞いたのか。瀬名は女だ。殺したことにして、ひそかにどこぞの寺へ入れ、尼にするなど考えつかなかったのか』とな……」

「それは方便です！　家康公は、ご自分が悪者になりたくなかっただけです！」

直虎は叫び、同時に涙があふれた。

「うむ、そうかもしれぬ。そうといって、家康公が苦しまなかったとは思えぬ。ましてや、嫡男である信康殿が切腹された時には、介錯をせねばならぬ者までが泣きぬれて、剣をふるえなかったという。家臣ですら、そうなのだ。家康公がつろうないはずはないじゃろう」

そういわれて、直虎は思い出した。

「信康は、このわしに似ぬ美丈夫での」といった家康の顔を……！

あの時、家康はうれしそうだった。

父親の顔だった……！

そう気づいて、直虎は、さらに胸が苦しくなった。

（戦国……この動乱の世が悪いのだ。父と子、妻と夫までが、このようなむごい目に遭うこの世が……！）と。

「……おう、そうじゃ。そういえば、松下常慶が、そなたにと、瀬名姫の形見をとどけてくれたぞ」

「これは……っ」

思い出したように、南渓が持ち出してきたのは、あの堅香子の花を刺繍した帯であった。

「かつて、この帯をはじめて見た瀬名姫は、常慶にいったそうだ。『この花は、どんなに下を向いても、花弁は空に突き立つほどに反り返っておる。まるで、直虎さまのようだ』とな」

「それでは、あの時、信康さま御誕生のお祝いをとどけてくれたのは、松下常慶でしたか⁉」

直虎は、今になって気づいた。

「そうじゃ、ほかにだれがいる？」

南渓が微笑んだ。

その微笑みに思った。

人と人は、知らぬ間につながり、知らぬ間に断ち切られる。それが、生というものなのかもしれない……と。

瀬名姫が、直虎のようだといってくれた堅香子の花刺繍は、今、こうして見れば、瀬名姫自身のようにも見えた。

たとえ、夫に殺されようとも、花弁は天を突き、誇りは失わない！

もどってきた瀬名姫の帯が、そういっているようであった。

「……南渓さま、わたしは、女であろうと、僧であろうとも、もののふとして生き、もののふとして死にたいと思います。武将の家に生まれたかぎりは、そう魂にきざんで生きるしかないと、瀬名姫さまが教えてくださったような気がいたします」

そういった直虎は、もう泣いてはいなかった。

ただ、思った。

（季節が変われば、あの山すそに咲く堅香子の花を観に行こう。直親や瀬名姫が、花に化身して咲いているかもしれない……）と。


天正十年（１５８２）、六月二日、本能寺の変が勃発した。

織田家臣、明智光秀が謀反を起こし、京の本能寺にて、主君織田信長を襲撃したのだ。

「あの織田信長公がっ⁉」

直虎は、ぼうぜんとした。

天下統一も間近といわれていた織田信長に謀反を起こすなど、それは、だれも想像しないことだった。

「織田軍の多くは各地へ遠征しており、多勢に無勢だったようじゃ。信長公は、死を覚悟して本能寺に火を放ち、自害して果てたそうじゃ。織田の嫡男、信忠殿も、京で自害したそうな……！」

南渓がいった。

その頃、直虎は体調をくずしていたが、信長が謀反に倒れたことで何より心配なのが、徳川家康の供をしている虎松……今は、井伊万千代のことであった。

心配する直虎に、南渓は、あらゆるつてをたどって、情報を集めてくれた。

「安心せよ。松下常慶からも報せがあった。家康公は、信長公から招待をうけて畿内を見物中だったそうじゃ。本能寺の変を知ったのは、泉州、堺の町で、供はたった三十人余り。信長公を救いに行くこともできず、伊賀越え、鈴鹿越えをして、伊勢へ出てから、三河本国へ逃げるしかなかったそうじゃ。だが、ともかく、ご無事であったそうな」

身を起こすのもたいぎな直虎に、南渓が話してくれた。

「信長公への謀反となれば、天下はひっくり返る。わずかな供揃えで間道を行けば、これまでおさえこまれていた反織田の土豪に襲われるかもしれず、一向一揆に襲われる恐れもあった。徳川家臣のうちにも、逃げ遅れ、一揆に襲われて、命を落とした者もいたという。だが、そのなか、万千代は、信長公の最期を知って、号泣する家康公をまもり切ったそうだ」

その話に、直虎は、まばたきもせず聞き入った。

だが、本能寺の変を境に、直虎の身体にも大きな変調があった。

これまで井伊家の悲劇のすべてを引き受け、たった一人踏んばってきた直虎であったが、龍潭寺の朝の礼拝中に、ふいに倒れたのだ。

そのまま、病床についてしまった直虎を、毎夜、たずねてきたのは、直親の娘、桃であった。

「直虎さま、早くお元気になってください！　だって、桃は母を知らず、虎松は父を知らずに育ちました。でも、龍潭寺へ来れば、直虎さまがおられて、いつも、お声をかけてくださいましたし、虎松はここへ帰ることができました。……桃にとっても、虎松にとっても、ここ龍潭寺が実家のようでございました。桃があずけられた養父の瀬戸方久、いえ、新田喜斎は、武士になって、養女の桃を、武家へ嫁がせたいと考えていたようですが、わがままをいって、農家の嫁になってよかった！　おかげで、こうして、直虎さまをご看病できます」

そういう桃の手を、直虎は、やせほそった指でにぎりしめた。

「桃、ゆるしておくれ……わたしは、亀之丞がそなたをつれて帰った時、そなたを見て、亀之丞の裏切りの証しだと思ったのだ。そなたが、瀬戸方久の養女となった時も、井伊家の総領として正室をむかえる亀之丞にとって、その方がよいと思った。わたしは、そなたの幸せを一度も考えなかった。すまぬ……」

そういって、わびる直虎に、桃は、きっとしてこたえた。

「いいえ、そうではありません！　直虎さまが、父、亀之丞と結ばれなかったのは、伊那谷へおきざりにされた桃の母を思ってくださったからだと、桃は知っています！」

そのことばが、直虎の心にどうひびいたのか……。

直虎は数日後、桃の手をにぎったまま、しずかに息をひきとった。


天正十年、八月二十六日、井伊直虎、病に死す。


「井伊家総領は、直虎公である」と、女城主の直虎を父として、最後まで立てていた虎松は、これまで長く元服しなかった。

だが、この年、ようやく二十二歳で元服して、井伊直政と名をあらためた。

その直政が、直虎の墓を参ったのは、それから一年後であった。

「南溪さま、直虎公の死に際は、やすらかでございましたでしょうか？」

元服を経て、激烈な合戦をかいくぐってきた直政は堂々とした若武者となっていたが、切れ長の澄んだ瞳は変わらず、じっと、南溪を見つめてくる。

「いや……」と、南溪はいいよどんだ。

「お苦しみになったのでしょうか？」

直政は一文字の眉をひそめた。濃いまつげの陰影がかすかにふるえる。

「そうではない。病の苦しみではなく、最期まで、そなたの心配をしておった。優しかった直親にそっくりのあの子が、まるで鬼神のように戦うのは、もしや幼い頃に命をねらわれ、たった一人で育ったからではないか……生きるとは、独り戦うことのみだと思っているのではないか……とな。直虎は、そなたの父となると誓っておったゆえ、まことの父のごとく、そなたをつつみこめなかったと悔いておったのだ……」

そう語る南溪もまた、めっきり老けこんでいた。

「そのようなことを……」

眉をひそめた直政は、きっと顔をあげた。

その表情は、直虎を看病した桃の顔にも、どこか似ていた。

「南渓さま、もし、聞こえるなら、直政、ここで叫びましょう。直政にとっても、直虎公は、もっとも親しき父であったと！　井伊直政として井伊家を継ぎ、家康公にご加増頂いたのも、すべて、父、直虎公のおかげです。直虎公と南渓さまは、だれよりも、直政の父であり、後見でありました！」

「……うむ、きっと、直虎は聞いておるであろう。うれしい顔でのう……」

南渓は、そういって、微笑んだ。

「桃もいうておったよ。直虎は、母代わりで父代わりであったとな。直虎が『堅香子の帯をしめてくれ』と、桃にたのんだのはその夜であった。桃が、寝たきりの直虎の腰に、帯をしめてやると、直虎は、うれしそうにしていうた。『これをしめておれば、彼岸で、亀にも、瀬名姫にも会える……』とな」

「亡くなった父上と、瀬名姫さまに……？」

直政は、不思議そうにつぶやいた。

「直虎にとって、堅香子の花は、打たれても打たれても天をあおぐ、けなげな花であったのよ。……その夜、直虎は逝ってしもうた……堅香子の帯をきりりとしめて、この年寄りをおきざりに、独りで彼岸へのう……」

語り終えた南渓の、老いて、するどさが失われた目にもにじむものがあった。

それを見て、直政の切れ長の瞳にも、深い悲しみがにじむ。

その時、南渓が、鎧糸を通した水晶を差し出した。

「……これは、直親殿の形見でもあり、直虎の形見でもある。本来は、直政殿に手渡すべきものだが、この小さな結晶に観音像を彫って、桃にあたえようと思う。あれには、父も母もないからのう。直虎が最期まで身につけていた直親の笛袋と、堅香子の帯は、直虎と共に彼岸へ旅立ってしもうた。直政、そなたには、手渡す形見がないが、すまぬのう」

そのことばに、直政はこたえた。

「なんの、この直政、父上からは、この命と、武将として生きる道をいただきました。形見は、この胸のなかにございます……」

直政は、濃いまつげをしばたたかせ、きっぱりと微笑んだ。

直虎の法名は、「妙雲院殿月船祐圓大姉」。

そのゆかしい名も、南渓がさずけた。

エピローグ――井伊直政

その後、井伊直政は、その戦いぶりにおいて、本多忠勝、榊原康政、酒井忠次など名立たる徳川の勇将とならんで、徳川四天王とたたえられた。

また、かつて最強といわれた武田の赤備え隊の生き残った勇将らをあつくむかえ、武田の赤備えをさらに組織化して、井伊の赤備えとして率いた。

ここに、滅亡した武田の赤備え隊は、井伊の赤備えとして復活したのだ。

その赤備えを率いる直政は、金の角のごとき天衝脇立の朱漆塗兜で、全身朱具足に身をかため「井伊の赤鬼」と呼ばれるほどに先鋒をひた走り、激烈な戦いぶりで恐れられたという。

天下布武を目指した織田信長の死後、またも動乱におちいった戦国の世で、ついに豊臣政権をたおした徳川家康は、その後、およそ二百六十年の平和を築いた。

武田勢に追われ、北条氏の下に落ちのびた今川氏真は、その北条氏が豊臣秀吉に滅ぼされたため、行き場がなくなり、後に征夷大将軍となった徳川家康にすがった。

家康は、幼き頃、縁のあった今川氏真を庇護した。

その後の今川家は、ほそぼそと江戸時代までつながり、高家として、徳川幕府の儀礼式典をつかさどったと伝わる。

直盛、直虎の井伊家を支えた銭主、瀬戸方久こと新田喜斎は、堀川城城主であった時、徳川との戦いを避けるよう呼びかけたことを裏切り者とされ、やむなく城を出て、九死に一生を得た。

その後、塩の高値に苦しむ民のために塩を安く売ったことや、気賀の民に頼まれ、お上への訴状を書いたことなどを罪とされ、慶長十一年（１６０６）の八月に捕らえられ、処刑された。

豪商、瀬戸方久は、最期まで、瀬戸方久らしく生きたともいえる。

井伊直政は、慶長七年（１６０２）二月一日に、家康が征夷大将軍となるのを待たず、四十二歳の若さでこの世を去った。

死因は、関ヶ原の戦いで受けた鉄砲傷による破傷風であった。

その法名は、「祥寿院殿清涼泰安大居士」。

長年、家康ひとすじに身をけずって奉公しつづけた、清らかで涼しき武将、直政に似合いのこの法名は、直政の生前に、龍潭寺の南渓がさずけたものであった。

直政につづく井伊家は、その後、もっとも家康に信頼された武将の家系として、彦根城が築城され、新たに三十万石の彦根藩領主となり、明治の世まで大いに栄えた。

その直政が、遺した歌。

祈るぞよ　子の子の末の末までも　護れ近江の国つ神々

南渓和尚は、天正十七年（1589）、九月二十八日に、しずかに亡くなった。八十歳ばかりであったという。
直政の後、代々続いた彦根藩の十二代藩主、井伊直亮（幕末の徳川幕府大老、井伊直弼の兄）は、「南渓和尚をおもいて」との詞書きに、
君なくば　栄へんものか　すぎし世の　にほひも深き橘のはな
と、歌を詠んでいる。
橘の花は、井伊家代々の家紋である。
子を産み育て、家系をつなぐことこそ、女の仕事とされた戦国の世に、毅然と女を捨てることによって、幼い直政を護りぬいた井伊次郎直虎は、井伊家代々の領主のなかに名をつらねてはいない。

だが、直虎が懸命に支えた井伊家の「橘の花」は、後の世に、みごとに香り高く、咲きそろったといえる。

あとがき

戦国時代の資料は、ことに、それが女性の場合は、その名前も記録されていないことが多い。男性は、幼名、元服後の名、さらに改名と幾つも記録されているのに、女性は、「だれだれの女（娘と言う意味）」や、だれだれの妻、母といった記録が残るだけだ。

ゆえに、この物語の主人公、井伊直虎もまた、男子として還俗して、井の国の総領となった井伊直虎という名は記録されていても、直盛の娘として生まれ育った時の名は記録されていない。

唯一、出家後の尼僧名、「祐圓尼」という名のみ残っている。

直虎の母もまた同じで、尼僧名「祐椿尼」のみが残っているのだ。

この二つの尼僧名をさずけたのは南渓和尚である。

そして、この「祐」という字は、神仏にかばわれ助けられるという意味があるらしい。だとすれば、祐の字は、南渓が二人にさずけたのであろう。

そう考えれば、残る「圓」と「椿」という字が、その人自身にゆかりのある字であるはずだ。

二人をよく知る南渓が名付けたのだから、この二つの文字は、明らかに、直虎とその母を象徴する字であったに違いない。

歴史に刻まれた

そこで、私はこう名付けた。

直虎の女名は「圓（えん・まどか）」で、母は「椿の方」と。

名がわからぬからと、その時代の適当な名をつけることはしたくはなかった。歴史に刻まれたその人自身の人生に少しでも触れることができ、その人に近づけるような名で、主人公や登場人物に呼びかけたかったから……。

歴史を愛し、過ぎ去りし時代の人々に出会う魔法は、人としてのこまやかな感性と想像力を決して失わないことと、その時代を調べられるだけ調べ尽くすことにあると思う。

そして、調べ尽くした後は、その資料のみにしばられるのではなく、積み上げた記録や資料の上に、かつて生きて呼吸し、人を愛し、憎み、喜び悲しんだ人間の心を想像してみることだ。

その上で、自由に歌い、舞い踊ればいい。

読者は、きっと、それを楽しんでくれるはずだと思う。

人間の心を想像するなら、その痛みや傷を決して無視しない。生きた人に接するように心をこめて、物語に立ち向かうことで、ようやく、真実が秘められた歴史小説になるのだと思う。

井伊直虎の場合、姫として生まれたのびやかな女の子が、辛苦の果て、絶えかけた家系と領国を守るため、井伊家総領の男子が代々受け継ぐ「虎」の字を引き継いで、井伊次郎直虎として立ち上がり、巨大な支配者にさえ立ち向かうのだ。

姫が、男子として生きる……戦国時代とはいえ、そこまで追い詰められた女性が他にいただろうか？　これまで、幾つも、歴史小説を書いてきたが、直虎のような人生は、どこにもなかった。

……とはいえ、書き始めた時は、正直、雲をつかむようであった。

直虎という人を知る手掛かりがあまりに少ないのだ。だが、丁寧に時代背景をたどり、直虎の周囲の人々の人生をたどっていくうちに、直虎自身の喜びや悲しみも見えてきた。

大国にかこまれ、戦国の動乱の渦に巻き込まれた小国の領主（地頭ともいう）が、国をつぶさず、子孫を絶やさず、未来をにらんで踏んばり続けるのは、命も人生も賭けないと無理だ。いや、命なんぞ、すぐ吹き飛んでしまう時代でもあった。

そう考えれば、なんと、愛おしい踏んばりだったことか……。

そんな直虎を、作家の都合で、コマのように動かしたり、あやつったりはしたくなかった。物語には、主人公そのものが自らの足で立ち、行動を始める瞬間こそが大切で、特に歴史小説はそうだ。だから、私はいつもその瞬間を待つ。

物語、小説を書くというのは、そういう瞬間を待つ辛抱にかかっていると思うからだ。人を知るには辛抱がいる。書くのも、辛抱が大切なのだ。
①辛抱強く、主人公が作家の中に降りてくるのを待つこと。
②辛抱強く、歴史を調べ尽くし想像をふくらませて、人形ではない、魂を持った人間の主人公を描き出すこと。
③そして、いったん、書き始めたら、作家の心は、その主人公が生きた時代へ飛ばし続け、書き上げるまで戻って来ないこと。
これが、私の歴史小説を書く三ヶ条である。

書くことは楽しく、苦しい。だからこそ、やめられない。

かつて、歴史上の人物、新選組を書いたことがあるが、その時に飛ばした心は、まだ幕末に残っているような気がする。そういう意味では、これまで戦国物語や王朝物語を書いた時の心の一部も、まだ帰っていないような気がする。

もしや、作家って、タイムトラベラーなのかもしれない。

二〇一六年、秋九月　越水　利江子

参考図書

『近世の地方寺院と地域社会―遠州井伊谷龍潭寺を中心に―』著・夏目琢史（同成社）

『女城主・井伊直虎』著・楠戸義昭（ＰＨＰ文庫）

『赤備え―武田と井伊と真田と―』著・井伊達夫（宮帯出版社）

『家康公伝　現代語訳徳川実紀』①②　編・大石学　他（吉川弘文館）

『信長公記』上下　著・太田牛一　訳・榊山潤（ニュートンプレス）

『甲陽軍鑑』校訂／訳・佐藤正英（ちくま学芸文庫）

『湖の雄　井伊氏　浜名湖北から近江へ、井伊一族の実像』著・辰巳和弘　他（しずおかの文化新書）

『日本を変えたしずおかの合戦　駿河・遠江・伊豆』著・小和田哲男　他（しずおかの文化新書）

角川つばさ文庫

越水利江子／作
高知県生まれ、京都育ち。『風のラヴソング』（講談社青い鳥文庫）で、日本児童文学者協会新人賞、文化庁芸術選奨文部大臣新人賞受賞。『あした、出会った少年』（ポプラ社）で、日本児童文芸家協会賞受賞。角川つばさ文庫では『恋する新選組①〜③』『リンカーン　アメリカを変えた大統領』『源氏物語　時の姫君　いつか、めぐりあうまで』がある。他に『花天新選組　君よいつの日か会おう』（大日本図書）、「忍剣 花百姫伝」シリーズ（ポプラ社）など多数。

椎名 優／絵
第５回電撃ゲームイラスト大賞金賞を受賞しデビュー。ライトノベルや児童書のイラストで活躍中。ホームページ「天球堂画報」
http://www1.odn.ne.jp/tenkyudho/

角川つばさ文庫　Aこ1-4

戦国の姫城主　井伊直虎

作　越水利江子
絵　椎名 優

2016年11月15日　初版発行

発行者　郡司 聡
発　行　株式会社KADOKAWA
〒102-8177　東京都千代田区富士見 2-13-3
電話　0570-002-301（カスタマーサポート・ナビダイヤル）
受付時間　9:00 ～ 17:00（土日 祝日 年末年始を除く）
http://www.kadokawa.co.jp/
印　刷　暁印刷
製　本　BBC
装　丁　ムシカゴグラフィクス

ISBN978-4-04-631661-5　C8293　N.D.C.913　220p　18cm

読者のみなさまからのお便りをお待ちしています。下のあて先まで送ってね。
いただいたお便りは、編集部から著者へおわたしいたします。

〒102-8078　東京都千代田区富士見 1-8-19　角川つばさ文庫編集部

リンカーン
アメリカを変えた大統領

作／越水利江子
絵／結川カズノ

リンカーンは貧しく、学校へ行くことができず、母も、初恋の女性も病気で亡くしました。それでも独学で勉強し、弁護士となり、ついにはアメリカ大統領となり、約四百万人の奴隷の解放宣言をします。恋愛と友情と感動の物語！

源氏物語
時の姫君　いつか、めぐりあうまで

作／紫式部
文／越水利江子
絵／Izumi

母上を失い、ばばさまと暮らすゆかりの姫、10歳。ゆかりの願いはばばさまの病気がよくなることと、光かがやくように美しいあの男君にもう一度会うこと……。いちばん最初に出会う「源氏物語」！

真田幸村と忍者サスケ

作／吉橋通夫
絵／佐嶋真実

幸村は少年のころ、忍者サスケと出会い、大冒険が始まった！　3人だけで800人もの兵を破り、命をねらう忍者集団と決闘する。そして、幸村は徳川家康の大軍と戦う！　天才武将と忍者が活躍する、勇ましく大興奮の戦国物語!!

恋する新選組①

作／越水利江子
絵／朝未

勝兄ぃが近藤勇になった日、あたし、宮川空は、雲ひとつない空に誓ったの。「りっぱな剣士になります！」って。空とやさしく強き剣士・沖田総司を中心に時代は大きく動き始める！　リトルラブ&幕末青春ストーリー！

恋する新選組②

作／越水利江子
絵／青治

あたしは空、13歳。沖田さんたちを追いかけて、京の都にやって来た。沖田さんと再会し、あこがれが恋に変わる?!　LOVEは剣よりも強し！　サムライ女子の胸キュン純愛物語 in 京都！　ハマること、まちがいなしぜよ！

恋する新選組③

作／越水利江子
絵／青治

あたしは宮川空。大好きな人は、最強の剣士・沖田総司！　でも、京の都は事件の連続。そんな中、新選組は池田屋事件で、大活躍!!　そして、りょうちゃんこと、坂本龍馬から手紙が…。侍女子の青春&ラブストーリー!!

つぎはどれ読む？

宮沢賢治童話集
注文の多い料理店 セロひきのゴーシュ

作／宮沢賢治
絵／たちもとみちこ

「注文の多い料理店」「セロひきのゴーシュ」「雪渡り」「やまなし」「オツベルと象」「なめとこ山の熊」「どんぐりと山ねこ」など代表作10編。あまんきみこ解説、人気画家たちもとみちこの素敵な絵による宮沢賢治の傑作童話集！

南総里見八犬伝

作／滝沢馬琴
文／こぐれ 京
絵／永地
キャラクター原案／久世みずき

家の使用人・荘介が、自分と同じアザ＆不思議な玉をもつと知った武士・信乃。「ぼくたちはきっと、義兄弟なんだ！」信乃達は8人いるという兄弟を探す旅に出た！サト8の原点がここに！

宮沢賢治童話集
銀河鉄道の夜

作／宮沢賢治
絵／ヤスダスズヒト

祭りの夜、ジョバンニは、星空をながめていると、幼なじみのカムパネルラと、銀河鉄道に乗っていた。宮沢賢治の最高傑作「銀河鉄道の夜」や「雨ニモマケズ」「グスコーブドリの伝記」「ふたごの星」「よだかの星」を収録。

くもの糸・杜子春
芥川龍之介作品集

作／芥川龍之介
絵／ひと和

大どろぼうの犍陀多は、くもの糸をたぐって地獄から極楽へのぼっていこうとするけれど!? 文豪・芥川龍之介の教科書でおなじみの作品を収録。小学生のうちに一度は読んでおきたい日本の名作がつばさ文庫に登場！

宮沢賢治童話集
風の又三郎

作／宮沢賢治
絵／岩崎美奈子

風の強い日にやってきたふしぎな転校生・高田三郎。赤い髪をした三郎は、ちょっと変わった子で、風の神の子、風の又三郎と呼ばれるようになるが!? 日本でいちばん愛されている童話作家・宮沢賢治の心あたたまる名作集！

坊っちゃん

作／夏目漱石 編／後路好章
カバー絵／長野拓造
挿絵／ちーこ

いたずらっ子で無鉄砲。そんな坊っちゃんがなんと中学校の先生に!? 働きはじめた松山の中学校は東京とは大ちがい。バッタ事件からはじまる坊っちゃんのドタバタ教師生活はいったいどうなってしまうの？

角川つばさ文庫発刊のことば

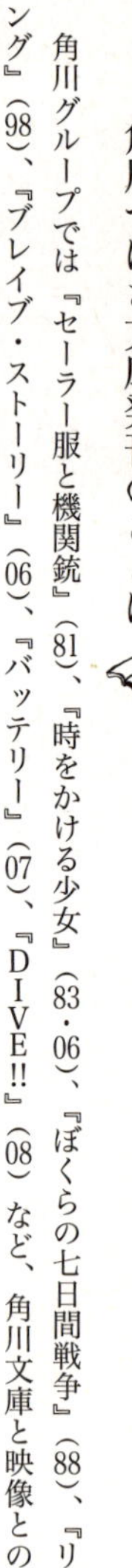

角川グループでは『セーラー服と機関銃』(81)、『時をかける少女』(83・06)、『ぼくらの七日間戦争』(88)、『リング』(98)、『ブレイブ・ストーリー』(06)、『バッテリー』(07)、『DIVE!!』(08)など、角川文庫と映像とのメディアミックスによって、「読書の楽しみ」を提供してきました。

角川文庫創刊60周年を期に、十代の読書体験を調べてみたところ、角川グループの発行するさまざまなジャンルの文庫が、小・中学校でたくさん読まれていることを知りました。

そこで、文庫を読む前のさらに若いみなさんに、スポーツやマンガやゲームと同じように「本を読むこと」を体験してもらいたいと「角川つばさ文庫」をつくりました。

読書は自転車と同じように、最初は少しの練習が必要です。しかし、読んでいく楽しさを知れば、どんな遠くの世界にも自分の速度で出かけることができます。それは、想像力という「つばさ」を手に入れたことにほかなりません。

「角川つばさ文庫」では、読者のみなさんといっしょに成長していける、新しい物語、新しいノンフィクション、角川グループのベストセラー、ライトノベル、ファンタジー、クラシックスなど、はば広いジャンルの物語に出会える「場」を、みなさんとつくっていきたいと考えています。

読んだ人の数だけ生まれる豊かな物語の世界。そこで体験する喜びや悲しみ、くやしさや恐ろしさは、本の世界の出来事ではありますが、みなさんの心を確実にゆさぶり、やがて知となり実となる「種」を残してくれるでしょう。

かつての角川文庫の読者がそうであったように、「角川つばさ文庫」の読者のみなさんが、その「種」から「21世紀のエンタテインメント」をつくっていってくれたなら、こんなにうれしいことはありません。

物語の世界を自分の「つばさ」で自由自在に飛び、自分で未来をきりひらいていってください。

ひらけば、どこへでも。——角川つばさ文庫の願いです。

角川つばさ文庫編集部